狼與辛香料 IX

對立的城鎮〈下〉

支倉凍砂
Isuna Hasekura

Illustration
文倉十
Jyuu Ayakura

流浪學生托特・寇爾
羅恩商業公會幹部魯德・基曼
「早安，羅倫斯先生。」
響亮又具張力的聲音，
和無時無刻散發出來的自信相當匹配。

對方像個貴族般，
穿著上過漿、筆挺的全新服裝，
他就是魯德・基曼。
「……早安。」

「汝真的知道唄？」
「我想我應該知道。」
「真的？」

「你還真不適合當商人哪。」

女商人伊弗・波倫
「或許妳也不適合當隻狼。」

Contents

狼與辛香料 IX

地圖繪製／出光秀匡

故事地點

港口城鎮凱爾貝

凱爾貝是一座中間夾著三角洲，分為南、北兩區的城鎮。三角洲是個繁榮的貿易據點，土地雖為北凱爾貝的地主們所有，但他們過去為了籌措市場的建設費用，卻曾向南凱爾貝的商人們借貸。時至今日，北凱爾貝的地主每月仍得準備龐大的借款利息，付給南凱爾貝的商人。

故事關鍵

海獸一角鯨

一角鯨是傳說中的海獸。據說食用牠的肉能長生不老、治癒萬病。其價值之高，甚至很有可能逆轉凱爾貝南北兩地的權力關係。

《對立的城鎮》上集故事

羅倫斯等人為了「狼骨」的相關情報而來到港口城鎮凱爾貝。得知傳言來自德堡商行的羅倫斯，帶著伊弗親筆寫的介紹信，前去拜訪與德堡商行往來密切的珍商行，卻發現珍商行的老闆——泰德．雷諾茲似乎認為「狼骨」傳言只是無稽之談。

羅倫斯在三角洲上巧遇伊弗，得知了凱爾貝的現狀，也聽說北凱爾貝的地主們強逼伊弗幫他們解決土地問題，以及雷諾茲經營的商行利益被北凱爾貝地主們奪走。因為猜測雷諾茲至今仍在尋找「狼骨」，於是羅倫斯打算從羅恩商業公會的幹部基曼口中，探聽有關「狼骨」的消息，沒想到反而被要求在公會與伊弗之間抉擇，並被迫立誓以公會為優先。

與此同時，有船隻捕獲了傳說中的海獸一角鯨，並卸在凱爾貝的港口。伊弗找來羅倫斯，向羅倫斯提議背叛北凱爾貝的地主們，並奪走一角鯨。羅倫斯為此感到困惑不已，又隨即收到基曼寄來的信……!?

間幕

人類是非常脆弱的生物。

人類沒有尖牙、沒有利爪，甚至沒有幫助自己逃脫的羽翼。

所以，人類用智慧保護自己。

以技術、以策略，或是其他手段自保。

不過，無論是人類或動物，都同樣有一種保護自己的方法。

那就是形成族群。

如果聚集了好幾千隻——就算是單獨時力量單薄的羊隻，也不用害怕來無影去無蹤的狼襲。

群體就像一頭巨獸，若能形成群體，那不僅可以留下後代，也能保護個體的性命安全。

因此，人類也會聚集在一起，過著群體生活，而這個群體不久後會發展成村落、發展成城鎮、發展成都市，最後人們終於戰勝可怕的黑暗森林。

然而，為了保護自我安全而聚集在一起的群體本身，總有一天也會開始互相鬥爭。

因為保護自我安全而群聚，就代表著把群體以外的存在視為敵人。

群體是一頭巨獸，而無力的個體想要接受巨獸的利爪和尖牙所帶來的恩惠，就必須將群體的利益放在自身利益之前。

巨獸向右走，個體就必須跟著向右走；巨獸向左跑，個體就必須跟著向左跑；巨獸做出要吃小鳥的判斷，個體就必須捕捉小鳥。

即使小鳥的鳴叫聲惹人憐愛，也必須執行巨獸的命令。

人類是非常脆弱的生物。

在這個神明老是躲在雲朵背後，許久不曾露臉的世上，人們絕對無法單獨存活下去。

所以，人們為了不讓住在黑暗森林裡的猛獸傷害自己，必須用土石建蓋圍牆，讓自己也變成圍牆中的一頭猛獸。

就算知道借了一次巨獸的力量，就永遠無法掙脫其枷鎖，人們還是會這麼做。

巨獸絕不允許個體背叛。

而唯有跟隨巨獸，才能在暴風疾雨的世上存活下去。

這是血脈相連的羈絆。

第四幕

「快逃！」

羅倫斯簡短地說道。

「快逃離這裡！越快越好！」

他大步跨越房門，直直走進房內。

在寇爾解開貨幣之謎後，謎底依舊攤在桌上。羅倫斯像堆沙子般堆起貨幣，並將這些貨幣全都掃進荷包。

旅行生活必須丟棄所有不必要的物品。

所有的必需品全放在房間角落的麻袋裡，遇到危險時，只要用繩子綁起袋口，扛著麻袋逃跑就好。

畢竟，旅人對於睡夢中受襲這種事，早已司空見慣了。

「汝啊……」

聽到聲音傳來，羅倫斯抬起了頭。

眼前是一臉驚訝的旅伴——赫蘿。

「這是什麼？」

赫蘿手上拿著一封羊皮紙信。

羊皮紙上沒有任何修辭文藻點綴，只記載著不帶感情的冷漠文章。信的右下角，還蓋了宛如凝固血塊般的鮮紅色蠟印。

收件者不是別人，正是羅倫斯；而寄件者則寫著羅恩商業公會。

對於身為旅行商人、生意不穩定的羅倫斯來說，羅恩商業公會是以其同鄉為中心、比任何存在都可靠的商人集團。

無論到了哪一個城鎮，公會印永遠是堅固的盾牌，也是強力的武器。

他如此倚重的公會，此時捎來信件給投宿在北凱爾貝旅館的羅倫斯，而信上這麼寫著：

「公會正在尋求勇氣過人、不畏懼魔女，也不害怕錬金術師的商人。為了公會的利益，更為了公會的未來，請閣下務必考慮一下……魯德・基曼。」

赫蘿流利地朗誦出信件內容後，歪著頭望向羅倫斯。

另一名少年旅伴——寇爾在赫蘿身旁探出頭，看著赫蘿手上的羊皮紙。

魯德・基曼是個貿易商，負責掌管羅恩商業公會設置於凱爾貝的洋行分行，其信上表明的意思很清楚，無疑是要羅倫斯照著伊弗所說的內容去做。

基曼想要把一角鯨交給伊弗，並以北凱爾貝的土地權狀為交換條件，好讓凱爾貝的勢力關係徹底逆轉。而這個一角鯨，也確實是有如此價值的昂貴生物。

然而，基曼與伊弗都無法信任對方。兩人都太優秀，以至於無法握手締結合約。這時候需要有個人來當兩人的仲介。而且，這個人最好是個能夠乖乖聽從指示的對象。過於深重的權謀心計跟石臼沒什麼兩樣，一旦被夾在其中，一介旅行商人的存在便如一顆麥粒般卑賤。

羅倫斯聽見骨頭發出「嘎吱嘎吱」的聲音。

寇爾與赫蘿毫無緊張感的反應，正刺激著羅倫斯的神經。

「妳懂了吧？這是我的族群發給我的召喚令。」

羅倫斯一邊回答，一邊把麻袋口牢牢綁住。

「族群？」

聽到赫蘿反問，羅倫斯甩了甩頭，然後站起身子說：

「上面寫的魯德．基曼，是公會在凱爾貝設置的洋行分行負責人。雖然我沒欠過基曼個人人情，但託管給基曼的洋行，也就是三角洲上的羅恩商業公會對我情深義重。妳應該明白我想表達什麼吧？基曼打算利用情義綁住我，把我拖到可怕的深淵！」

像旅行商人這樣無力的商人，之所以能夠安然無事地在各地行走，正是因為隸屬於公會。位於各城鎮的公會為了爭取自家的權利和特權，在各自的城鎮與對手激烈競爭。因此，受公會恩惠的旅行商人無論到了哪個城鎮，都能夠安心地做起生意。

這麼一來，憑藉公會的利爪和尖牙享受到果實和果汁的無力個體，若是聽到公會要求自己提供協助，當然就無法拒絕了。

因為自己享用至今的各種特權，肯定是某個同伴流血流汗換來的成果。所以就算是再不合理的要求，也必須接受。

不過，再怎麼重情重義，總也該有個限度。

基曼是為了讓自己一步登天，才訂定了這個策略，並打算把羅倫斯牽扯進來。

想必基曼一定表現出一副理所當然的模樣，準備好「一切都是為了公會著想」的正當說詞。等到基曼做好一切佈局後，羅倫斯要是拒絕提供協助，立刻會被視為公會的背叛者，根本不會有人過問孰對孰錯。而且，讓羅倫斯打從心底感到害怕的不只是基曼，還有不久前在別棟建築物裡交談過的對象。

如果說基曼是無數商人合為一體的巨人，這個對象就是能夠與巨人抗衡的巨狼。

而這隻巨狼竟然提議要羅倫斯背叛公會。

當然了，對方已經準備好龐大的利益，正等著羅倫斯點頭。而提出要羅倫斯背叛公會以及提議這個舉動本身，想必也都是對方早已擬定好的戰略。

賭桌的上空交錯著誇張的金額，戰況劇烈無比。一介旅行商人要是被捲進如此龐大的漩渦，恐怕很容易就會被權力形成的暴風撕成碎片。

當權力交錯而成的巨大齒輪開始運轉，就算是人們的鮮血，也往往被視為草芥。

「現在就離開城鎮。在事情發展到無法挽回前離開，越快越好。」

現在離開還來得及。

羅倫斯像是祈禱般，將這句話吞下肚裡。就在他準備說出「妳們也動作快點」的瞬間——

「汝啊，可不可以冷靜一點？」

冰冷的話語滑進了羅倫斯如滾水般沸騰的思緒。

這樣的舉動就像在熱油裡灌水一樣。

羅倫斯忍不住大吼：

「我很冷靜！」

寇爾在赫蘿身邊抱著裝有葡萄酒的小桶子，羅倫斯覺得都快聽見他縮起身子的聲音。一旁的赫蘿只是不停動著耳朵上的白色絨毛。

任誰看了都知道現場誰最不冷靜。

「唔……………」

羅倫斯鬆開自己的行李，抬頭看向天花板，然後閉上眼睛做了一次深呼吸。

他記起自己瀕臨破產危機時，也曾順著怒意拂開赫蘿伸出的手。

還說什麼自己成長許多，可笑極了。

羅倫斯在心中這麼怒罵自己。

「哎，有些雄性能夠表現得超然脫俗，像嫩枝一樣柔軟地接受凡事也是不錯，但這些傢伙難以信任。所以，愚蠢的雄性比較容易掌握，還算好一些唄。」

赫蘿甩動尾巴發出「啪」的一聲。寇爾在她身邊縮著脖子察言觀色，此時赫蘿粗魯地抓了抓他的頭髮。

「大部分生物都有兩隻眼睛，卻只看得見一樣東西。汝知道這廣大世上，為什麼雄性和雌性要特地配成一對嗎？」

赫蘿從寇爾手中接過桶子，然後用嘴巴咬起栓子。

她輕輕抬高下巴，示意寇爾拿住它。

寇爾動作熟練地從赫蘿口中接過它。

在這般互動之間，赫蘿的視線一直停留在羅倫斯身上。

「汝一定照著汝的常識，在心中做出結論了唄。不過……」

雖然赫蘿說到一半停了下來，但羅倫斯當然明白她打算說什麼。

赫蘿與寇爾兩人一同凝視著羅倫斯。

看見外表柔弱的兩人這麼做，讓羅倫斯不禁覺得自己簡直就像個壞人。

「呵。咱在村子裡時，也經常從麥穗縫隙看見像這樣的光景。」

羅倫斯也明白赫蘿這句話的意思。

雖然慢了一步，但寇爾似乎也明白了赫蘿的意思。當他一臉尷尬地別過頭去時，側腰被赫蘿頂了一下。

赫蘿的意思是要寇爾說出來。

「……我父親有時候也會這樣。」

「汝聽到了唄。」

誰對誰錯的答案很明顯，羅倫斯根本沒有爭辯的餘地。

「……是我不對。不過——」

「汝不用急著道歉，而且咱也不想聽藉口。咱想聽的是說明。咱跟寇爾小鬼不是汝的手下，咱們應該不是那種汝說什麼咱就怎麼做的關係。不是嗎？」

赫蘿沒有生氣，反而是像在開導他，這卻讓羅倫斯覺得比挨罵更加難受。他知道這是因為自己對赫蘿兩人做出的舉動，造成了反作用。

赫蘿兩人並非如外表那般柔弱又純真。

他們是懂得自己思考怎麼行動、能夠獨當一面的人。

在兩人面前擅自決定事情，等同是背叛他們。

「汝啊，發生什麼事了？」

赫蘿微微露出笑容說道。

雖然譴責羅倫斯的視野太狹窄，但赫蘿似乎願意相信羅倫斯做出這樣的行為有其理由。

商人不會意氣用事。

羅倫斯搖了搖頭。

他這樣的舉動不是在否定赫蘿的話語，而是為了先整理一下思緒。

羅倫斯在腦中反芻不久前與伊弗的互動。

「伊弗問我要不要當密探。」

「喲？」

赫蘿簡短地答腔後，把酒桶湊近嘴邊。

赫蘿的意思應該是要羅倫斯不用在意她的反應，繼續說下去。

「然後，送來這封信的基曼也一樣在問我要不要當密探。」

「雙面夾攻吶。」

羅倫斯點了點頭，並準備說明。

說明事態會演變至此的最大起因。

「會造成這次騷動，是因為北凱爾貝的漁船被南凱爾貝擄走了。貧困的北凱爾貝與富裕的南凱爾貝兩地本來就互相對立，光是這樣的原因就足以造成紛爭。更何況，南凱爾貝這麼做還是為了得到北凱爾貝漁船抓到的寶物。這時伊弗接到指示，要她非把這個寶物帶回北邊不可。但是，下這個命令的人物並不是為了北凱爾貝的發展，而是為了自己的利益。最後伊弗告訴我她要裝成遵從命令的樣子，然後背叛北凱爾貝，還問我願不願意幫她。」

這不是幾百枚盧米歐尼金幣就能夠完成的交易。

儘管面對金額可能高達千枚金幣的交易，伊弗還是能冷靜地執行這種吃裡扒外的點子。

「真是學不乖的雌性。」

赫蘿雖然笑著回應，卻流露出有些懊惱的神情。寇爾面向別處，沒有看著赫蘿；他似乎認為，要是這時做出反應，可能會惹出不必要的麻煩。

「不過，伊弗都敢大聲說自己要背叛北凱爾貝，這表示她可能也會背叛其他人，對吧？」

理論上，一個議題反論的反論，就是事實；而敵人的敵人，就是同伴。

感覺上只要連續背叛兩次，就能夠逆轉局勢，但逆轉局勢時，能不能夠為自己帶來利益，這個答案只有伊弗一人知曉。

「原來如此，這簡直是盈滿猜忌的泥沼吶。那麼，現在就連汝族群裡的強勢傢伙，也想要利用汝為自己爭取利益啊？哎，也難怪無力的汝聽了，會臉色一片蒼白吶。」

赫蘿喝下酒桶裡的葡萄酒，然後打了一聲嗝。

看見赫蘿談論著這種事情還一臉享受地喝酒，羅倫斯要不是選擇生氣，就只能選擇苦笑。

據說在戰場上存活下來的騎士，臉上無論何時都掛著笑容。

商人之所以總是笑容滿面，應該也是因為這樣。

「有沒有可能來個皆大歡喜的結局？」

「伊弗不是為了北凱爾貝而行動，應該不會在意從哪裡獲得利益。所以，只要羅恩商業公會願意分利益給她，就沒問題。公會和伊弗的利益應該有辦法做到兩全其美。重點是，只要伊弗不因為想要獨占利益，而背叛我跟公會就好。」

「嗯。」

「另一個方法則是我為了公會利益而行動，然後贏過伊弗，最後讓公會順利得到利益。」

「嗯……意思是說，一方是期待惡人表現善意，另一方是樂觀地展望嗎？」

赫蘿做出這般結論的根據是——如果不是因為只能有這兩種可能性，羅倫斯就不會做出方才那樣的行為。

羅倫斯點了點頭，然後倚著桌面說：

「不過，這些是照我目前得到的情報所導出的結論。在如此龐大的構造中，有太多我不知道的情報，以及不可能知道的情報。要是我參與了這件事，勢必會變成一顆棋子，被地位比我高的那些傢伙操縱。」

當某人有所企圖時，只要謹慎地針對他真正的目的展開攻擊，就有可能為自己帶來利益。

然而，想要攻擊對方的真正目的，必須先掌握到真正目的是什麼。

「汝的意思是『君子不立於危牆之下』嘍？」

「嗯。」

說著，羅倫斯從赫蘿手中接過蓋著公會印的信件。

為了經商而獨自旅行時，蓋著公會印的紙張不知為羅倫斯解危多少次。

公會印是具有魔法的紋飾、是強力的武器，也是盾牌。

羅倫斯從來沒有懷疑過它的威力。

正因如此，當發現這個充滿威力的武器被人刻意拿來指向自己時，除了逃跑，羅倫斯想不出其他的方法。

「對了，那隻母狐狸跟汝族群裡的那些笨驢，是為了同一樣東西在爭鬥唄？那是什麼東西？」

「咦？喔，就是那個啊，妳說在南凱爾貝看到的東西。」

「不會那麼剛好是咱們在追查的骨頭唄？」

羅倫斯三人的旅行目的地明明是赫蘿的故鄉約伊茲，卻來到這個與約伊茲方向相反、位於沿海地區的港口城鎮凱爾貝，正是為了某個目的。

也就是為了追查在名為樂耶夫的群山裡，受到崇拜的狼神腳骨。

赫蘿因為得知教會打算進行褻瀆狼骨的儀式，而寇爾則是想要確認故鄉的神明是否真的存在，所以決定追查這件事情。

雖然赫蘿詢問時臉上掛著惡作劇的表情，眼裡卻不帶什麼笑意。

然後，以商品價值來說，這樣東西與狼骨沒有太大差別。

正因為如此，擁有巨大權力的傢伙們，才會不顧一切想要得到它。

「算是類似的東西吧。那東西來自北海，是一種頭上長了角、擁有魔法的生物。據說只要生吃牠的肉，就能夠長生不老；拿牠的角熬湯來喝，還能夠治萬病。牠的名字是一角鯨，聽說北凱爾貝的船隻就是捕獲了一角鯨。」

赫蘿原本一副像在聆聽酒席上的助興話題的模樣，但聽到羅倫斯這麼說後，耳朵用力擺動了一下。

「怎麼了？」

「……沒事。」

聽見赫蘿說謊說得這麼明顯，羅倫斯想笑都笑不出來。

赫蘿似乎也察覺到自己扯謊扯得太牽強，所以隨即抬起頭說道：

「不過，汝啊……」

「嗯，怎麼……？」

「現在能夠確定的是，整件事情是以這樣東西為中心在運作，是唄？」

「嗯。」

「既然這樣，汝應該還有其他選擇，不是嗎？嗯？」

說著，赫蘿一臉開心地把話題丟給寇爾。

若赫蘿是客觀地看待羅倫斯提及的內容，那麼寇爾就是站在外圍眺望赫蘿與羅倫斯的互動。像寇爾這種立場的人，會比較容易找出第三種選擇。

「咦？啊、呃……」

「喏，抬頭挺胸！」

這時，赫蘿拍了他的背。於是寇爾一副下定決心的模樣開了口：

「那、那個，請赫蘿小姐去把那隻一角鯨搶過來就好了，不是……嗎？」

「……咦？」

聽到寇爾的話，羅倫斯驚訝得啞口無言，只能這麼反問。

羅倫斯的腦袋根本想不出這樣的點子。

「為了爭奪某樣東西而引起的紛爭，前提是這樣東西確實存在。憑赫蘿小姐的能力，想必隨便一跳就能夠跳過河川，也能夠輕輕鬆鬆把一角鯨搶過來，不是嗎？」

如果要歸類，寇爾算是住在深山裡的人。

聽到寇爾說出像在拍馬屁的真心話，赫蘿樂得微微晃著耳朵。

如果只是針對偷出一角鯨這件事情，或許確實很簡單。

雖說有護衛層層防守一角鯨，但赫蘿若是露出真實模樣，現出她銳利的狼牙，這些護衛就跟穿著紙製鎧甲的孩子沒什麼兩樣。就算是名為基曼或伊弗的怪物們為了爭奪一角鯨而勾心鬥角，赫蘿一定也能輕而易舉地把牠搶走。

然而，如果考慮到事後處理，這個方法就完全失去了現實性。

羅倫斯搔了搔頭，然後開口說道：

「我說啊，這麼做只會讓我們為了善後傷腦筋而已。就算能夠輕易地奪走一角鯨，肯定也會出現看見妳的目擊者。到時候如果還想把一角鯨賣給別人，那就太蠢了。這麼點道理——」

「咱當然知道。不過吶……」

赫蘿打斷羅倫斯的話語，然後看似開心地瞇起眼睛，微微傾著頭說：

「現在汝應該明白，這件事情根本就沒什麼大不了唄？」

「……啊？」

「汝還不明白嗎？這件讓汝鐵青著臉準備逃跑的事，不過是只要咱露出爪子和尖牙，就能夠輕鬆解決的小事罷了。汝身為咱的夥伴，竟然表現得慌張失措，這樣咱會很困擾。這可是關係到咱的名譽吶，誰叫咱選了汝作為旅伴呢。」

「……」

啞口無言的羅倫斯回望著赫蘿。

事態確實就如赫蘿所言。

即使充斥著權謀心計，就算是善於欺騙他人藉此獲益的城鎮商人，都無法冷靜做出判斷的大規模交易，對赫蘿而言，也不過是這點程度的小事罷了。

突然間，羅倫斯覺得自己恐懼的事情變得渺小多了。

羅倫斯不久前還一片鐵青的臉色，也在不知不覺中漸漸恢復了血色。

「咯咯咯。寇爾小鬼，這就是所謂被杯中的暴風雨玩弄吶。」

因為顧慮到羅倫斯的感受，寇爾當然露出了尷尬的神情；但與其如此，羅倫斯倒希望寇爾乾脆地笑出來，這樣他還比較好受。

寇爾像個少女似的抬高視線，將目光射向羅倫斯。在羅倫斯報以苦笑後，這位率直的少年才鬆了口氣似的笑了出來。

羅倫斯感覺到衝上腦門的血液已經完全退去，狹窄的視野也變寬了。

他想起師父說過一句話——隨時確認自己手上有什麼武器。

在自己身邊的，可是約伊茲森林的賢狼赫蘿啊。

想到這裡，羅倫斯險些覺得一邊不停甩動尾巴，一邊喝酒的赫蘿還真散發著一股威嚴。

「而且，要是汝能夠順利度過這次事件，想要收集骨頭的情報，也會變得容易，不是嗎？」

「……伊弗也提過這點。她說，如果我肯為了她的利益而行動，她願意提供狼骨的相關情報給我。也就是說，她願意向似乎已掌握到狼骨情報的珍商行老闆——泰德．雷諾茲，打聽關於狼骨的事。」

赫蘿揚起一邊眉毛，露出像在生氣也像在笑的奇妙表情對著羅倫斯說：

「哼。那隻母狐狸比汝冷靜多了。汝聽好啊，基本上，咱們在追查的骨頭事件根本不下於汝現在被捲入的事件，同樣是重大的事件，不是嗎？」

聽到赫蘿的指摘，羅倫斯根本無從辯駁。

赫蘿當然不會就此罷休。

「咱們決定追查骨頭時，汝自己不是還警告過咱這件事？明明懂得警告別人，當自己碰到同樣規模的事件時，卻像個膽小鬼似的。看見汝這樣的表現……」

赫蘿慢慢放鬆臉上的忿怒表情，然後驀地別開視線。

「咱以後要怎麼相信汝說的話。」

赫蘿最後露出悲傷的表情說道，然後抬起視線瞥了羅倫斯一眼。

羅倫斯當然知道這話是一種挑釁。

不過，他也知道這是赫蘿以她的方式在鼓舞人。

「當個讓咱能夠說汝不是光說不練的雄性，好嗎？」

這回赫蘿露出像在捉弄人似的表情傾著頭說道。

看見羅倫斯板起了臉，赫蘿隨即露出滿臉的笑容。

做生意時，最怕的就是太執著於面子問題。

但是，也不可能因為不顧面子，就能讓每次行動都以最合理的方法解決。

羅倫斯低下頭呻吟著。

一陣呻吟後，他抬起頭說：

「就撤回逃走這個選項吧。」

「嗯。哎，汝就放輕鬆一些唄。」

「因為碰到緊要關頭時有妳在，是嗎？」

一旦順利查出狼骨時，赫蘿應該是只想要以自己的尖牙和利爪解決事情，根本不想採取其他手段。

然而，這樣的方法和羅倫斯心中的最佳方法相差甚遠。

羅倫斯為了確認赫蘿是否明白他的想法，所以這麼詢問，結果赫蘿搖了搖頭，然後露出沉穩的笑容，緩緩回答說：

「咱並不打算把叼在嘴裡的海獸賣給什麼人。就像寇爾小鬼說的一樣，小毛頭們為了爭一塊肉而爭執不休時，索性把那塊肉吃掉，才是最好的解決方法。」

「……雖然我沒想到有這種方法，但應該不能怪我吧。」

「可見汝根本沒有考慮到咱的存在。」

面對赫蘿與羅倫斯的互動，夾在中間的寇爾，只能讓視線不停游來游去。

「那當然。」

聽到羅倫斯正言厲色地這麼說，寇爾臉上浮現了些許不安。

以旁觀者的角度來看，兩人的對話或許確實會讓人有這種反應。

不過，過沒多久，寇爾似乎也察覺到並不是那麼回事。

因為赫蘿雖然面有怒意，尾巴卻不停甩來甩去。

「哼。汝老是說些有的沒的理由，結果還不是跑來求了咱好幾次。求三次跟求四次，有什麼太大差別嗎？」

羅倫斯希望盡量不要依賴赫蘿的力量。

雖然說得這麼好聽，羅倫斯還是靠赫蘿幫他度過了好幾次危機。

不過，羅倫斯最近開始會想：雖然這世上好像什麼事情都是看結果決定一切，但實際上並非如此。

正因為如此，儘管依賴過好幾次赫蘿的力量，在面對赫蘿能夠識破人類謊言的耳朵時，羅倫斯還是能夠這麼說：

「我又不是因為妳是約伊茲的賢狼，才選妳當旅伴。」
赫蘿一副搔癢難耐的模樣縮起脖子笑笑。
雖然寇爾裝作沒認真在聽，但在他面前，羅倫斯是不可能說出更露骨的話了。
不過，就算是與赫蘿獨處時，羅倫斯也不確定自己說不說得出口。
「既然這樣，就看汝怎麼動腦思考，讓咱見識見識賢狼也感到佩服的智慧唄。」
「那當然。」
羅倫斯簡短地答道。
「那當然。」
如果只有自己一人，羅倫斯早就逃跑了。
或者早就隨便任人擺佈了。
然而，羅倫斯不由自主地嘴角上揚。這是有原因的。
因為他會忍不住在心中這麼嘀咕：
真的嗎？
面對如此巨大的組織，真的可以不用逃跑嗎？

羅倫斯三人本來就投宿在伊弗介紹的旅館，而這個落腳處也被基曼查了出來，所以既然決定不逃出凱爾貝，只能下定決心等待對方主動聯絡。

如果擅自收集情報，萬一受到監視，無論監視者是伊弗還是基曼，都只會在對方心中留下不好的印象。

而且，不管在情報方面還是權力方面，對方都壓倒性地勝過己方，所以羅倫斯也只能採取後發先制的策略。也就是在弄清楚對方會採取什麼行動後，設法搶先對方一步。

羅倫斯不但明白這樣的道理，當然也很清楚，既然只能夠採取後發先制的策略，與其坐在椅子上抖個不停，不如像赫蘿那樣躺在床上，悠哉地甩著尾巴打瞌睡，才是上上之選。

然而，他還是坐在擺設於窗邊的椅子上，不鎮靜地望著窗外。

看著這個季節的灰色天空，就是開朗的心情，也會蒙上一層陰影。

如果心情本來就很鬱悶，那更是雪上加霜。

面對伊弗的企圖、基曼的企圖，以及兩人莫大的慾望，讓羅倫斯痛切感受到自己的存在有多麼渺小。為此苦惱不已的他除了嘆息，還是嘆息。

在受到赫蘿的鼓舞後，雖然羅倫斯為了顧及面子，決定放棄逃跑轉而選擇留在凱爾貝，但仍無法揮去心頭的不安。

這次的對手並非只會一對一地進行商談，他們是擅於多對多商戰的優秀商人。

羅倫斯的師父教過他一個鐵則——「千萬不要去碰自己不懂的生意」，而這次的決定，很明顯和這個鐵則背道而馳。

羅倫斯再次嘆了口氣，並將視線拉回房內。

原本在懸崖邊與睡魔玩耍的赫蘿，終於還是一頭栽進了地獄深淵。

寇爾坐在赫蘿床邊的地板上。他正將腰帶解開，不知道在忙著什麼。

寇爾不久前才向旅館老闆借了針，羅倫斯猜他應該是在縫補腰帶上的綻縫，卻發現似乎恰好相反。

寇爾用手指鬆開腰帶前端的綻線，並抽出一根根的細線。

他細心地把兩、三根細線從腰帶抽出來。接著，他把這些看似易斷的細線搓在一起，並穿過針頭。

看著寇爾急急忙忙地拿出他那件破爛的外套，羅倫斯當然很清楚他的用意何在。

羅倫斯站起身子，走近寇爾說：

「你這麼做，哪天就沒腰帶可以用了。」

這時，寇爾已經用著拼湊出來的裁縫用品補起外套的綻縫。他像是已經縫補過好幾次似的，動作熟練且輕快地一針一針縫補著外套。

寇爾聽到羅倫斯的話後抬起頭，露出難為情的表情笑了笑，手上的動作卻未曾停歇，由此可見動作之熟練。

而因為縫補用的線很短，寇爾轉眼間就結束了工作。

不過，以商人的眼光來鑑定，這樣的縫補能夠帶來的效果，想必就跟向神明祈禱一樣微弱。

「如果只是要買捆線，我可以買給你啊。」

「咦？不用啦……沒問題的。您看！」

寇爾用牙齒咬斷線後，得意地攤開外套現給羅倫斯看。

要是赫蘿看到了，說不定會一邊甩著尾巴，一邊輕頂寇爾的頭。

不過，羅倫斯不是赫蘿，所以他露出苦笑，摸了摸寇爾蓬亂的頭髮，開口說道：

「剛剛你解開銅幣謎題，這等於是幫我上了一堂課，但我還沒有付你學費。你在上教會法學課時，不是也要繳學費嗎？」

寇爾隨即張開嘴，看來是想說些什麼；但他把對方的好意與自己的謙虛放上天平秤了秤，似乎做出了接受對方好意的判斷。

寇爾有些難為情地笑著，問道：「真的可以嗎？」

「我們去裁縫店挑選適合的線吧。反正你以後也用得著吧？」

其實用來買線的錢，說不定就夠買件好一點的外套，但羅倫斯沒有這麼提議。

寇爾是個下定決心離鄉背井的少年。

離開家門踏上旅途時，親人給他的餞別禮除了少許的盤纏，應該也包括這件外套吧？他若是聽到自己充滿故鄉回憶的外套，居然比縫補線還要便宜，心情一定會很低落。

「那就麻煩您了！」

寇爾開心地說道，然後急忙套上破爛的外套。

羅倫斯本以為赫蘿會想跟著出門，雖然她才剛入睡，但就連羅倫斯捏她鼻子也沒辦法把她叫醒，所以羅倫斯決定與寇爾兩人單獨外出。

而且，萬一基曼或伊弗前來聯絡，有人留在房間也比較好。

「你想買哪種線？」

向旅館老闆問出裁縫店的位置後，羅倫斯兩人很順利地來到了目的地。

對於在凱爾貝發生的一角鯨事件，似乎只有一部分的人在拚命。

正因為只有部分人士能夠擁有權力，權力才會顯得有價值，絕大多數的人根本就不在意爭奪大規模土地權的紛爭，或自己在鎮上的名聲高低。再說，權力宛如高掛天上的明月般遙不可及，就算很在意也沒用。

在遇上赫蘿之前，羅倫斯正是眺望這般明月的存在。雖說在赫蘿多方面的鼓舞下，羅倫斯已抱定決心，但他熟悉的，畢竟還是像這樣的「日常」生活。

兩人所抵達的裁縫店門口，有用繩子將百葉窗吊起，臨時搭成的檯子。檯子上除了衣服之外，還陳列著線以及補破洞用的碎布。

一名少年百無聊賴地顧著店。他托著腮的手因為碰觸染料，有一半被染成了黑色。

少年一看見羅倫斯兩人出現，立刻挺直背脊並展露笑顏，看見少年的模樣，羅倫斯不禁也露出了笑容。

這裡散發的氣息，是羅倫斯所熟悉的世界所有的味道。

「依顏色不同，有很多種價格，您想要什麼顏色？」

「呃……因為外套是這種顏色……」

就在寇爾這麼說，而羅倫斯隨之把視線移向他身上的外套時——

「如果用暗黃色，剛好不會太顯眼喔。」

聽到顧店少年的話語，寇爾驚訝地瞪大了眼睛。

染成黃色的商品代表著高級品，至於高級的程度，只要看顧店少年臉上那貪婪的笑容就一目了然。

以年紀來說，少年看起來比寇爾小了一、兩歲左右，但以氣勢來說，寇爾恐怕根本無法與其相比。這些當工匠學徒的小伙子，他們的工作就是被師父毆打踹踢，膽量跟一般少年可不同。

「呃，可是，黃色很……」

寇爾似乎也知道價格會依顏色而所不同。他慌張地看向羅倫斯，但顧店少年當然不可能讓寇爾把話說完。

「不得了了，不知道是哪一家大老闆前來光顧？」

少年打斷寇爾的話語，從檯子探出上半身說道。

依販賣出去的商品價格不同，少年拿到的零用錢應該也會不同。

「哎呀，糟糕了。我今天沒有打扮得很體面耶。」

念在少年熱衷於拉生意的份上，羅倫斯配合著少年的話語這麼答腔。

羅倫斯伸手重新豎起衣領，挺直胸膛，只有寇爾臉上一片愕然。

「是啊、是啊，這我當然明白！這東西品質很好喔。來，請您瞧瞧。」

說著，少年遞出了黃線的樣本。

雖然樣本只有差不多放在手掌心上的長度，但萬一被風吹走了，少年未來三天肯定沒飯吃，也沒薪水可拿。

據說在橫越七大海洋才能抵達的地方，有一條通往地上樂園的河川。這條河水會漂來一種叫作番紅花的植物，而把衣服染成黃色的染料，就是以番紅花當作原料。

黃色是會讓人聯想到黃金的高貴顏色。

一是因為黃色染料本身就很昂貴，二是因為所謂的優質服裝，就是為了充門面而生的服裝，所以有錢人無不爭先恐後地採購黃色的衣服，也因為這樣，價格也變得越來越高。

不管怎樣，寇爾似乎察覺到話題的走向慢慢超出他的掌控，於是慌張地拉住羅倫斯的衣袖：

「羅、羅倫斯先生。」

「嗯？」

羅倫斯展露笑顏看向寇爾時，少年為了不讓客人溜走，立刻揚聲說：

「老闆、老闆。來！請您看仔細喔，您看看這色澤有多麼鮮豔。這黃色真的很鮮豔吧？要是擺在黃金旁邊，連黃金都會遜色三分呢。這是我們家師父的最佳傑作。您意下如何呢？」

羅倫斯一邊聆聽少年的推銷，一邊不停發出「嗯、嗯」的聲音給予回應。

少年後方的裁縫店最裡面有一名看似師父的男子。男子停下正在裁剪布料的手，觀察著櫃台的動靜。

男子的樣子不像在關心線能不能夠賣出去，而像在觀察小伙子的舉動。

羅倫斯看向那位似乎是師父的男子時，對方也察覺到羅倫斯的目光，兩人的視線隨之在空中交會。

男子沒出聲地笑笑，並抬了一下手掌。

羅倫斯輕輕點了點頭，然後把視線拉回少年身上說：

「這黃色確實很漂亮。它的亮度真的是連黃金都比不上。」
「我說的沒錯吧！那麼，我幫您包——」
「不過，色澤這麼光亮的線要是縫在外套上，會怎樣呢？這線就連黃金都遜色三分了，用它縫出來的縫線一定會很明顯吧。」
少年為了推銷而拚命堆起的笑臉，在此刻倏地凍結。
後方看似師父的男子一副感到疲憊的模樣，嘆了口氣。
「所以，為了不讓縫線太明顯，你還是給我最便宜的灰線吧。」
或許是滿腦子都在想若是賣掉黃線，就可以拿到大筆零用錢的緣故吧，受到打擊的顧店少年全身僵硬，連話都說不出來。這時看似師父的男子從後方走來，代替少年這麼說：
「需要多長呢？」
男子舉起符合工匠形象的粗壯手臂，用力敲了少年的頭一下。
如果不能應付狡猾的商人，就算成為優秀的工匠，做出好的商品，也無法高價賣出。
這名看似師父的男子，似乎就是要讓顧店少年明白這一點。
「三路德銀幣可以買到多長？」
「這個嘛……以那件外套的磨損程度來說，大概可以把整件外套縫補五遍吧。對了，要不要順便買個藍線？前陣子剛好有載滿大青的船隻入港，所以藍線的價格變便宜了。」

「那麼，您可以先不要賣掉藍線，然後再多採購一些當庫存，等到價格上揚時再賣掉，利潤會比較好喔。」

男子似乎打從一開始就知道不可能推銷成功，他笑著說：「三枚路德銀幣的長度，對吧？」然後取出纏上灰線的小圓筒。

難得出了門，買完東西就回旅館太無趣，所以羅倫斯與寇爾決定散散步，順便瞧一瞧河川沿岸的市場和北凱爾貝的街景。

寇爾保持兩步的距離，跟在羅倫斯後頭走著。

他抱著裝了灰線圓筒的小麻袋邁著步伐，看起來似乎有些疲倦。

「怎麼了？」

一聽到羅倫斯這麼詢問，寇爾就露出像是小狗遭到戲弄般的眼神。

寇爾這麼聰明，他一定察覺到自己被捉弄了。

不過，寇爾的反應似乎比羅倫斯預期的還要大。

「你真的那麼驚訝啊？」

「……是、沒有……」

寇爾慌張地游移著視線。

羅倫斯不禁心想，自己或許太習慣與赫蘿那種壞心眼的狼一起旅行了。

「至少比赫蘿的惡作劇好一點吧？」

羅倫斯不由得開口為自己辯解。

聽到羅倫斯這麼說，寇爾似乎心有所悟，一臉難為情地點頭回答：「是的。」

「而且，我記得我說過，你的臉皮得更厚一點。我是商人，不是神，所以如果你不求我，我就不會展露我的慈悲。」

羅倫斯還沒有支付寇爾軟膏的費用，而寇爾解開的銅幣箱之謎，事實上也是值得支付報酬的情報。

只不過，商人收下商品時，如果對方忘了收錢，十個人當中有六個人會保持沉默；而剩下的四個人會為了賣人情，而提醒對方收錢。

思考了自己屬於哪一種人後，羅倫斯這麼補上一句：

「當然了，如果有人聽到我這麼說，就立刻表現得厚顏無恥，我就不會帶這種人一起旅行了。」

寇爾沒有露出困惑的模樣，而是露出苦笑。

他的反應，讓羅倫斯也深深明白赫蘿會喜歡他的理由。

「不過，雖然我不是神，但也不是那麼討厭別人求我。」

「咦？」

「如果我真的打從心底討厭別人跟我要東要西，應該就不會跟某個長了尖牙的貪婪鬼一起旅行了。」

聽到羅倫斯的話語，寇爾緊抱麻袋難為情地笑了。

「不過，你畢竟是未來的聖職者。既然你不向我祈禱，那我想在這裡告解一下。」

「呃……告解什麼……？」

羅倫斯將視線從寇爾身上移開，說道：

「我想坦承，自己剛才的所作所為，其實有著不值得讚揚的動機。」

寇爾只愣了幾秒鐘。

他立刻跟上了羅倫斯的思緒，然後露出連真正的聖職者都自嘆不如的真摯表情反問：

「什麼意思呢？」

「就是我說的意思啊。我有一半是在遷怒他人。」

「……遷怒？」

寇爾有個壞習慣，他的注意力一下子就會集中在思考上面。

寇爾仰望羅倫斯反問道，而他下一秒鐘就絆倒了。

「你不是也看到了我在旅館的失態嗎？」

羅倫斯一邊伸手扶起寇爾，一邊問道。

羅倫斯沒有取笑寇爾跌倒，是因為他正誠心誠意地自白。

從一個人摔跤後會做出什麼清理動作，就能夠看出那個人的身分。

王族會遣走身邊的人，貴族會假裝咳嗽，而平民會拍打膝蓋清理灰塵。

至於寇爾，他什麼清理動作都沒做。

羅倫斯相信他一定能夠成為優秀的聖職者。

「是的。」

不過，聽到寇爾立刻這麼回答，羅倫斯還是不禁露出苦笑。

寇爾也慌張地想要挽回失言，但羅倫斯笑著阻止他說：

「沒關係。不過，如果你是我的徒弟，為了保持威嚴，我可能會呼你一巴掌就是了。」

寇爾有些難為情似的笑了笑，然後輕輕撫摸自己的臉頰。

「也就是說，因為我讓人看見了那樣的醜態，所以很想找個人來報復。」

「……您就是為了這件事，才會跟工匠師父使眼色，是嗎？」

寇爾不愧是個聰明的少年，觀察得非常仔細。

「沒錯。在背後決定事情，然後玩弄被夾在中間的人。我故意讓你期待能買到高級品，也是為了看你的反應，讓自己沉浸在優越感之中。真是的……這樣做真的很幼稚。」

羅倫斯搔了搔脖子，然後把視線移向河川。

正在岸邊裝卸貨的船隻附近，聚集了一群商人。

從隨風傳來的隻字片語，以及商人們比手劃腳的動作看來，他們似乎正在交涉能否搭上運送貨物的船隻，然後橫越河川前往南凱爾貝。

根據凱爾貝的規定，當城鎮出事時，便會嚴格監控渡河事宜。

而且，渡河的重要性關係到河川所有權，最後甚至關係到領主權。

船夫不可能為了藏在袖子底下的區區小錢而違規；而那些商人們明知如此，仍然想要搭船到南凱爾貝，可見對他們而言，這次在凱爾貝發生的問題有多麼重大。

就這點來說，基曼能克服萬難把信件送到旅館，讓羅倫斯再次體認到其組織力量之強，而不禁感到恐懼。

「我確實聽見您的告解了。神會原諒您的。」

寇爾不只安靜地聆聽羅倫斯告解，還像真正的聖職者般回應羅倫斯。

羅倫斯懷著心中的感激，對他說道：「謝謝。」

「不過，羅倫斯先生……」

「嗯？」

當羅倫斯專注於眺望街景時，寇爾忽然開了口。
「您那麼做的另一個原因，是為了別的事情吧？」
他直直注視著羅倫斯。
寇爾的眼神別無他意，正因如此，所以這股目光更像一根筆直的長槍射向羅倫斯。
「羅倫斯先生是想要回應赫蘿小姐的期待，對嗎？」
寇爾就像一個聆聽英雄故事的孩子般，眼裡散發出期待的光芒。
那充滿期待的目光甚至讓人感到刺眼。
由於有點難為情，羅倫斯不禁別開視線，然後好不容易才做出回應：
「確實是有……這方面的考量，不過……」
羅倫斯會確認自己的交涉能力，其實是出於不安的反作用力，根本沒有寇爾想的那麼勇敢。
「雖然我幾乎沒有能力幫助羅倫斯先生，但請您加油！」
「喔、嗯。」
儘管寇爾身子瘦弱，此刻卻用渾身的力氣為羅倫斯打氣，由此看來，他的確打從心底支持羅倫斯。
就羅倫斯的想法來說，如果自己看見年紀比自己大了一輪的男子露出那般醜態，對那個人的評價多少會降低一點吧。

羅倫斯之所以會想買線給寇爾、買線時之所以會玩弄顧店少年，都是為了讓自己恢復少許威嚴。說明白一點，羅倫斯幾乎是因為面子才這麼做。

在這樣的狀況下，寇爾不但沒有侮辱羅倫斯，還如此地支持羅倫斯。

或許可以用「本性使然」來解釋寇爾的反應，但羅倫斯還是覺得很不可思議。

而且，商人的好奇心比貓還要旺盛。

「你真是個不可思議的傢伙，看見一個窩囊的商人露出那般醜態，還做出遷怒他人的行徑，你竟然不會對這個商人失去信心。」

聽到羅倫斯這麼說，寇爾果然露出了愕然的神情。

可見他不是在巴結羅倫斯，而是說出了真心話。

「咦……？因為……那個，羅倫斯先生不是與赫蘿小姐一起旅行嗎？我聽赫蘿小姐說是尋找故鄉之旅。」

「是這樣沒錯。」

「既然這樣，我怎麼會對您失去信心……您會表現得那麼慌張，是因為眼前的事態足以讓人慌張，不是嗎？」

羅倫斯不是很明白寇爾的意思。

的確，羅倫斯目前面臨了旅行商人難以應付的事態，就算被赫蘿推了一把，到現在也還是無法完全下定決心。

但是，羅倫斯覺得寇爾的話語代表著其他意思。

赫蘿那麼了不起，所以能夠與她一同旅行的羅倫斯肯定是個大人物，這個大人物會表現得那麼慌張，肯定是遇到事態嚴重的大問題──寇爾的意思是這樣嗎？

還是另有含意呢？

想到這裡，羅倫斯察覺到了寇爾的真意。

寇爾的話還沒說完：

「因為這趟旅行會變成被赫蘿小姐一直傳述下去的傳說，不是嗎？既然這樣，阻擋在前方的，應該也會是艱鉅的困難或問題才對。而且，我真的很感謝您願意讓我加入這趟旅行！」

寇爾露出純真的笑容說道。

羅倫斯也曾在城鎮或路旁的旅館，聆聽著世上的傳說或英雄事蹟。

他也曾經抱著「真希望自己能參與其中一則故事」的急切心情──但那已經是十多年前的事情了。

寇爾的頭腦聰明，並且能夠做出連商人都甘拜下風的合理思考，這樣的他或許也跟羅倫斯一樣，嚮往成為傳說中的人物。

羅倫斯不禁心想，或許找不到比寇爾更討人喜歡的少年了。

「那傢伙確實發下豪語說過，會讓這趟旅行故事永遠流傳下去。不過，既然這樣，我更應該在你面前表現得慷慨一些才行。」

聽到羅倫斯他開玩笑，寇爾轉動了一下圓滾滾的大眼睛，然後笑著回答說：

「我也不想被傳述成是兩位的負擔。」

這樣的對話是不太能夠在赫蘿面前開的玩笑。

羅倫斯輕輕搖了搖頭，輕聲嘆了口氣，仰望起天空說：

「總之，不管怎樣，在這趟旅行故事會永遠流傳下去的大前提下，似乎能夠確定一件事情。那就是，我們倆都必須避免惹那傢伙生氣。」

聰明如寇爾，他當然不會照字面上的意思來解讀。

寇爾之所以露出欣喜的表情，想必是因為他已察覺到羅倫斯想表達的真意。

「我有時候會表現出像上次那樣的醜態。所以，我經常會需要他人的協助。」

「是。」

寇爾應了一聲後，接口說道：

「只要幫得上忙，我隨時願意幫忙。」

羅倫斯接下來要挑戰的對象，是習慣多對多商戰的強敵。

對他而言，同伴當然是越多越好。

赫蘿曾經告訴過羅倫斯要懂得用人。

這段指摘也可以說成「要懂得相信他人」。

為了贏得多對多的戰役，這會是必要，也是最重要的事情。

羅倫斯與寇爾輕輕握了手，心情也隨之平穩下來。

想重新確認自己的交涉技術——比起為此而窩囊地捉弄負責顧店的工匠徒弟，與寇爾握手的效果好上數百倍。

或許赫蘿現在正躺在床上，露出壞心眼的笑容在笑羅倫斯呢。

「那，我們回去吧。」

說著，羅倫斯朝向旅館的方向踏出步伐。

「好的。」

寇爾跟著踏出步伐，但沒有走在羅倫斯的斜後方。

雖然依舊是多雲的陰天，但感覺好像沒那麼討人厭了。

第五幕

羅倫斯與寇爾回到旅館時，赫蘿還在睡。她裹著棉被，身體縮成一團，還輕輕打著鼾。

兩人見狀，忍不住相視一笑，但赫蘿的鼾聲隨即止住了。

是只要偷偷說她壞話，赫蘿的耳朵就會變得特別敏銳，還是她臉上長了鬍鬚，能夠敏銳地察覺氣氛的變化呢？

赫蘿緩緩張開眼睛後，先把臉埋進被窩底下，跟著抖動全身，伸了一個大懶腰。

「那麼，具體來說，現在要怎麼行動？」

赫蘿一察覺羅倫斯方才帶了寇爾出門，就立刻把寇爾叫來身邊，嗅著他身上的味道。

赫蘿可能是想聞出羅倫斯有沒有買什麼東西給寇爾吃，如果有，就打算要寇爾分她一份。

雖然寇爾有些難為情地縮起身子，但還是任憑赫蘿在他身上嗅來嗅去。

「旅行商人要是脫離公會，就不可能存活下去。所以，至少不能採取與公會對立的手段。」

「想要倚靠，就要躲在大樹底下，汝是這個意思唄。不過，就算是個小人物，只要躲在大樹底下，還是能自在地做些小動作。所以這是正確的選擇唄。」

對於赫蘿的評論，羅倫斯只能回以苦笑。因為這個說法與伊弗提議他背叛時的論調很相似。

她們兩人的想法都一樣。正因為羅倫斯在凱爾貝不是重要人物，所以能夠在足以左右城鎮未來的重大事件之中，自由地採取行動。

雖然「小人物」三個字聽起來刺耳，但羅倫斯知道自己必須認清現狀。

「如果想在短期內獲得最大的利益，那就只能與伊弗聯手奪取一角鯨了。」

「然後手牽著手一起逃亡嗎？這樣說不定也挺愉快的，是唄？」

如果赫蘿不在身邊，自己可能做出如此危險的選擇嗎？

雖然羅倫斯腦中瞬間閃過這個疑問，但立刻想到：要不是與赫蘿在一起，自己肯定早就逃之夭夭了。

看到羅倫斯像是在說「愚蠢極了」似的聳了聳肩，赫蘿臉上雖然浮現捉弄人的笑容，尾巴卻看似安心地擺動著。

雖然很想說：「既然害怕會發生這種事情，老實說出來不就好了。」但羅倫斯當然沒有這麼說出口。

因為如果被身為觀眾的寇爾得知劇情的內幕，那就太掃興了。

「那，既然公會和伊弗都已經知道我們住在這家旅館，就表示我們隨時都有可能被捲入紛爭之中。為了避免到時候行動不一，我想先跟大家重新確認一下現狀。」

聽到羅倫斯這麼說，赫蘿默默地凝視著羅倫斯好一會兒後，輕輕笑了出來。

「怎麼了？」

雖然羅倫斯這麼反問，但赫蘿只是搖搖頭，不肯回答。
不過，羅倫斯似乎能夠明白赫蘿為什麼會笑。
因為那就像是看見孩子跌倒後沒有哭泣時會露出的笑容。
「嗯。」
赫蘿點點頭。寇爾正在赫蘿身邊服侍她，而她則頂了寇爾的頭一下。
寇爾也是地位與他們對等的同伴。
「好的。」
在寇爾這麼回答後，羅倫斯便開始說明。

已經到了兼營酒吧的旅館老闆一邊打哈欠，一邊幫客人續酒的時刻。
羅倫斯本以為基曼或伊弗的手下會來房間找人，沒想到什麼動靜也沒有。因為有些焦躁，羅倫斯只喝了少許酒潤潤唇而已，但到頭來似乎只是白擔心一場。
相對地，赫蘿則是如往常一樣，早早就把寇爾灌醉了。
在確認醉倒的寇爾已熟睡後，赫蘿把寇爾丟到她的床上。至於這麼做的原因，赫蘿的解釋是：如果沒有灌醉寇爾，寇爾這頭笨驢就會堅持要睡在地上。

羅倫斯實在搞不懂赫蘿的行為到底算不算是體貼。

不過，他能確定這樣的舉動很粗暴。

「好了，今天就不要再喝了。」

因為今天不小心連續露出兩次醜態，所以羅倫斯抱著算是賠罪的心情，照著赫蘿的要求不停到樓下取酒。

這當然是赫蘿所期待的結果，但羅倫斯表現得太聽話，一直照著她的要求拿酒回來，所以明顯看得出赫蘿覺得很掃興。別說是覺得掃興了，不久前赫蘿明明自己跑去點酒，現在卻是擔心自己點太多似的一臉不安。

平時羅倫斯只要說不要再加點，赫蘿就會露出不滿的表情，今天這樣倒是令他有些鬆了口氣。這隻狼狡猾的地方，就是無法徹底忠實於自己的慾望。

話雖這麼說，赫蘿畢竟是赫蘿。

「哎，希望汝也能夠別再說不爭氣的話才好吶。」

赫蘿坐在床邊，把尾巴墊在不停呻吟的寇爾頭部底下。她一邊從羅倫斯手中接過酒，一邊壞心眼地笑著說道。

羅倫斯心想，這時候不要隨隨便便回答，而是不予理會，赫蘿可能會更高興。因為她的模樣實在太過孩子氣了。

不過，如果讓赫蘿太高興，可能會吵醒睡在尾巴上的寇爾，所以羅倫斯謹慎地回答說：

「那也沒什麼啊，聽說『強者必死』是傭兵的經驗談呢。所以男人會說一些不爭氣的話，這樣才會剛剛好。」

「大笨驢。」

赫蘿一副感到無趣的模樣說著，回頭望向身後的寇爾。接著，她突然捏住寇爾的鼻子，讓他稍微抬起頭。赫蘿似乎打算從寇爾的頭底下抽出尾巴。

赫蘿的動作就不能再溫柔一些嗎？羅倫斯才這麼想著，便發現原來是寇爾的口水就快流了下來。赫蘿撫摸著尾巴說道：「真是大意不得。」然後安心地鬆了口氣。

羅倫斯一邊看著赫蘿的動作，一邊抓起桌上冷掉的炒豆子放進嘴裡。

然後，他稍微打開木窗一看，發現幾名貌似剛走出酒吧的男子分散開來，腳步搖搖晃晃地在街上走著。現在明明不是舉辦祭典的時期，卻會看見醉漢在街上閒逛，想必這個城鎮統治者的治理能力只有中下程度。

北凱爾貝如果是由地主們所統治，那麼地主們似乎差不多就快失去人們的向心力了。

一角鯨——能夠逆轉局勢的存在。

牠的重要性似乎越來越高了。

「咱就在身邊，汝竟然還要看窗外？」

不知何時赫蘿已經坐在椅子上，並抓起一大把炒豆子往嘴裡放。

赫蘿喀嗤喀嗤地嚼著豆子，那模樣大膽得讓人覺得爽快。

羅倫斯聳了聳肩，關上木窗說：

「不做好隨時能逃跑的準備怎麼行啊。」

赫蘿似乎很滿意羅倫斯的答案。

她一邊發出咯咯笑聲，一邊撿起掉落的豆子吃。

「算了。對了，汝啊，陪咱喝一下酒好嗎？咱一個人喝酒太無趣了。」

赫蘿用手指戳著老舊的陶杯杯緣，陶杯裡倒滿了剛從樓下打上來的葡萄酒。

羅倫斯看了自己的酒杯一眼，發現第一杯酒都還喝不到一半。

「好吧。反正這時間也不會有人來了。」

「那可不一定。」

準備與赫蘿相視而坐的羅倫斯反問一聲：「咦？」

「因為狐狸晚上眼力比較好吶。」

羅倫斯讓思緒在腦中繞了一圈。

他聳了聳肩後，回答說：

「如果是這樣，那更應該喝酒。」

「唔？」

「如果喝得爛醉睡死了，就不用擔心被騙。」

赫蘿露出一邊尖牙，笑著說：

「大笨驢。要是像汝那樣毫無防備地翻出肚子睡大覺，那就徹徹底底沒戲唱了唄。」

「看到獵物這副德性，狼怎麼可能讓狐狸先下手。」

羅倫斯一這麼回答，赫蘿馬上露出兩顆尖牙反駁：

「這就難說了。畢竟獵物一天到晚在咱面前翻出肚子來，咱會掉以輕心，覺得沒必要咬獵物，說不定真會被狐狸給叼走吶。」

被赫蘿批評得這麼慘，羅倫斯不反駁些什麼，怎能甘心。

「妳自己還不是也會露出尾巴來。如果妳覺得趁我不備，隨隨便便就能夠搶先我一步，那妳最好小心不要被我抓住尾巴。」

「明明不敢抓，還敢說大話——汝想聽咱這麼說嗎？」

赫蘿在桌上托著腮，擺動著耳朵這麼說道。就是羅倫斯脾氣再好，看了也不免有些生氣。

儘管知道自己三不五時就被赫蘿捉弄，羅倫斯喝了一口酒後，還是忍不住這麼說：

「關於一角鯨，妳還不是有事情瞞著我。」

羅倫斯想要攻擊赫蘿，自己反而被嚇了一跳。

因為赫蘿原本正露出不懷好意的笑容舉起酒杯準備湊近嘴邊，卻突然驚訝地縮起了身子。

如果說這也是赫蘿的演技，羅倫斯就只能舉手投降了。

可是，赫蘿的情緒顯然在動搖。

當她察覺到自己的眼神飄移、情緒動搖時，似乎明白了已經無法掩飾情緒的事實。

赫蘿咬著下嘴唇，怨懟地瞪著羅倫斯。

「是我被妳嚇一跳耶。」

羅倫斯不禁找了藉口作為回應。

這時，赫蘿皺起眉頭，做了一次深呼吸。

在隔了好一會兒後，赫蘿呼了一口充滿酒味的嘆息。

「真是快被汝這頭大笨驢氣死了……」

赫蘿嘟噥著，大口大口喝下方才沒喝成的酒。

說起來，現在應該是羅倫斯占了上風，但不知怎地，反而是他在等赫蘿把話說完。

不僅如此，羅倫斯此刻的心境還像個準備挨罵的小孩子一樣。

「就算汝露出那種表情，咱也不會說任何話。咱不想說。」

說著，赫蘿一臉不悅地別過臉去。

赫蘿明明在生氣，行為卻像個小孩子一樣，也就是說，她是故意這麼做的。

不過，這種時候，赫蘿的思緒通常都比羅倫斯快了一、兩步。

赫蘿有時候是為了在一、兩步前方埋設陷阱，有時候則是為了展開追擊，而刻意拉開距離。

當羅倫斯在思考會是哪種情形時，赫蘿的耳朵和尾巴會是重要的判斷指標。

就像樵夫和獵人會利用各種形狀的狼煙交換情報一樣，羅倫斯也解讀著赫蘿耳朵和尾巴微妙的變化。

赫蘿在掩飾自己的害臊。

當羅倫斯解讀出赫蘿的反應近似這樣的情緒時，不禁發出「啊」的一聲。

「汝要是敢再多說一句，當心咱生氣。」

赫蘿保持別開臉的姿勢，閉上眼睛撇下這句話。

羅倫斯猶豫著該不該笑，最後決定舉起酒杯，用喝酒含混帶過。因為他實在不知道自己該怎麼反應才好。

赫蘿知道一角鯨的存在。

這麼一來，就表示她應該也知道其謠言或傳說的內容。

也就是說，赫蘿知道生吃一角鯨，就能長生不老；把一角鯨的角熬煮來喝，就能醫治萬病。

再來只要回想與赫蘿一路旅行下來的各種互動，就能夠猜出是怎麼回事。

赫蘿因為自己的長壽，而感到恐懼的事情是什麼呢？

然而，就算是赫蘿，也不可能在出生不久後就領悟到一切。

她一定也有過不聽道理的孩童時期，一定也有過一、兩次魯莽行事的經驗。

要是她的願望能夠實現，就算到了此時此刻，赫蘿一定也會這麼祈禱——

——好想彌補我等之間的壽命差距——

「……是咱自己太笨，才會以為汝早就有所察覺，還貼心地裝作不知道。」

赫蘿似乎藉由觀察羅倫斯的表情，察覺到羅倫斯總算追上了她的思緒。

她很受不了似的說著，再次舉起酒杯喝酒。

赫蘿沒有表現出想哭的樣子，也沒有顯得悲傷，讓羅倫斯鬆了一口氣。

因為看見赫蘿露出難為情、像是因為被人戳破過去犯下的錯誤而不悅的表情，讓羅倫斯能夠輕易地展露笑臉。

「不是啊……老實說，我一直以為妳是個極度不懂世事的人。所以，我沒想到妳連一角鯨的傳說都知道。」

再說，有關吃了一角鯨能夠長生不老或治萬病的傳說，顯然是為了人類而存在的。

所以，羅倫斯一直以為赫蘿與追尋這類傳說的人，根本不會扯上關係。

「大笨驢……」

赫蘿粗魯地用衣袖擦去不小心從嘴角溢出的少許葡萄酒，然後一臉疲憊地趴在桌上。

她手中還牢牢握著酒杯，那模樣看起來就像是喝醉了。

「妳曾經狩獵過一角鯨？」

聽到羅倫斯的詢問後，赫蘿點了點頭。

赫蘿狩獵一角鯨一事，想必已是好幾百年的事情了。

「哎，那時候咱確實不懂世事吶。咱以前相信世上所有看不慣的事情，都有其解決之道。如果不喜歡受人依賴和景仰，那就去旅行；如果沒有朋友，那就交新朋友；還有，咱打從心底相信，那些愉快得有如浸在溫泉裡的時光，會永遠持續下去。」

赫蘿保持趴在桌上的姿勢，撥弄著從盤子裡掉出來的炒豆子，看似愉快地說道。

即使到了現在，赫蘿有時還是會表現得相當莽撞。

如果說赫蘿是經過漫長歲月的風化，才擁有現在的個性，那在歷經風雨磨削之前，肯定比現在尖銳許多。

「不過，因為這樣，咱那時候也經常哭哭啼啼的就是了。可能是汝喜歡的類型也說不定吶。」

赫蘿露出心滿意足的笑容，將視線掃向羅倫斯。

說著，她把炒豆子用力彈向羅倫斯。被如此對待的羅倫斯當然只能皺起眉頭，藉著喝酒逃避話題。

「咯咯……不過，怎說呢，回想時越是教人心痛的回憶，臉上越容易浮現笑容。」

「這點確實無可否認。」

羅倫斯也有過坐在馬車上忽然回想起過去的失敗，而獨自笑出來的經驗。

不過，羅倫斯並不喜歡這樣的經驗。

理由不用說，當然是因為沒有人在身邊陪他一起笑。

就算只有一瞬間，羅倫斯好像也不該讓這樣的想法閃過腦海。

敏銳的狼仍然保持側著臉趴在桌上的姿勢，面帶笑容看著羅倫斯。

「不過，咱現在有汝陪伴在身邊。」

聽到赫蘿毫不害臊地這麼說，羅倫斯當然只能學赫蘿那樣用指甲把炒豆子彈過去。

「還有寇爾啊。」

「咱不能跟寇爾小鬼說這些話。因為寇爾小鬼是咱維持賢狼身分的牽制力。」

赫蘿這句話是什麼意思？

羅倫斯不禁思考起這個問題，停下就要彈起炒豆子的手指。

寇爾來自北方深山，並且把赫蘿視為現在進行式的傳說主人翁。

這麼一來，赫蘿會用「牽制力」來形容寇爾，只有一個理由。

這時，赫蘿豎起指甲，刺向羅倫斯停下的手指。

「寇爾小鬼仰慕身為賢狼的咱。看見咱的模樣時，那個笨驢一開口就說想要摸咱的尾巴。好幾百年沒有人做出那樣的反應了，那教咱既懷念，又開心……那個笨驢是讓咱想起自己是賢狼的最佳存在。」

赫蘿豎起指甲戳著羅倫斯的手指，羅倫斯勾住她的食指說：

「畢竟妳確實是變得越來越散漫了。」

「呵，咱無從反駁。」

所以說，赫蘿的意思是，因為寇爾仰慕身為賢狼的她，所以讓她想起自己是賢狼。

至於赫蘿為什麼要這麼做，答案顯而易見。

因為配得上約伊茲森林的是賢狼赫蘿，而不是那個待在旅行商人身邊悠哉過著懶散生活的小丫頭。

「不過……」

兩人像在較勁誰比較有骨氣似的沉默地撥弄著對方指頭好一會兒後，羅倫斯開口說道：

「妳一直要我決定什麼事情之前，必須先跟妳商量，自己卻隱瞞我這麼重要的事情。」

雖然沒有說出口，但兩人各自在心中思考了一大堆事情，使得話題越來越嚴肅。

羅倫斯相信赫蘿聽到自己說過的話，應該也會覺得刺耳，結果卻看見她一副滿不在乎的模樣答道：

「要是與對方商量如何賺錢，咱的利益會減少，是唄？」

要不是看見赫蘿說出這句話時，也露出捉弄人的笑容，羅倫斯或許就沒辦法露出苦笑回應。

赫蘿挺起身子，稍微伸展了一下，輕輕擺動著耳朵。

不可以變得太親密——這是羅倫斯與赫蘿互相默認的一大要事。

然而，在兩人意識到這點的同時，事態不僅朝著反方向進展，羅倫斯甚至曾一腳踢開這個重要事項。

羅倫斯都是如此了，更別說是赫蘿，在她幾乎可以用永恆來形容的漫長旅途中，肯定多次想要踢開這顆阻擋去路的大石頭。

儘管如此，現實並不會因為這樣而改變。

赫蘿會形容寇爾是她維持賢狼身分的牽制力，或許一點也不誇張。

赫蘿會利用寇爾來捉弄羅倫斯，當然是因為捉弄羅倫斯讓她感到愉快，但想必也有部分原因是為了自衛。

為了不讓自己不小心越過界線——

為了掩飾自己「雖然明白道理，但就是無法自制」的心情——

為了讓自己這般不耐煩的心情，至少能夠找到一個藉口。

「哎，咱是個貪婪的傢伙，總會為了自己的利益東奔西走。」

「關於這點，我只能表示贊同。不過……」

羅倫斯帶著挖苦意味說道。

「如果我不是個貪婪的人，就能夠買很多好吃的東西給妳吃。」

聽到羅倫斯的玩笑話，赫蘿一副搔癢難耐的模樣笑笑後，從椅子上站起身子。

看見赫蘿滿臉泛紅，羅倫斯心想她可能覺得太熱了。

不出所料地，赫蘿稍微打開木窗，舒暢得瞇起眼睛，讓窗外的冰冷空氣拂過臉頰。

「嗯……不過，汝的利益不就是討咱歡心嗎？」

赫蘿的模樣就像是讓人搔脖子的貓咪。她閉著眼睛，讓冷風拂過臉頰，然後稍微睜開一隻眼睛，望向羅倫斯問道。

赫蘿的舉止顯得刻意，彷彿她對於自己的一舉一動，都像照著水面一樣瞭若指掌。

「如果妳是個用食物就勾得到的卑賤傢伙，或許就會是這樣吧。」

聽到羅倫斯出言反擊，赫蘿又閉上了眼睛。

赫蘿明明擺出與幾秒鐘前一模一樣的姿勢，現在的樣子看起來卻像在鬧彆扭，看得羅倫斯不得不佩服她的演技。

不過，幾秒鐘後，赫蘿已經完全變成傲慢貴族般的模樣。

「那這樣，汝有什麼其他方法？」

這時羅倫斯想到，自己曾經受有生意往來的小村子委託，帶著村民趁農作空檔製作的桶子，前往擁有廣大葡萄園的修道院推銷。

儘管高傲得讓人難以忍受的對手一下子嫌東，一下子嫌西，羅倫斯還是一一接受對方的要求，拚命想要推銷桶子。對於這般模樣的羅倫斯，對方甚至表現出瞧不起的態度。

當時那名修道士想必是因自己身為高貴修道院的修道士而自傲，並且打從心底相信自己擁有更接近神明的高貴身分，才會表現出瞧不起人的態度。

那麼，此刻在羅倫斯眼前的這隻被尊稱為神明，同時厭惡被尊稱為神明，甚至排斥被景仰的賢狼，為什麼會表現出這樣的態度呢？

當時的修道士只顧著優先自家的利益，根本不管推銷者會虧損，還是賺錢。

這麼一來，既然前提完全相反，結果也會是相反。

於是，羅倫斯說出了赫蘿想聽的答案：

「用食物勾不到的話，那就用言語，或態度啊。」

「可是，以汝的狀況來說，這兩者沒有一樣可信吶？」

赫蘿說著露出尖牙。她那壞心眼的笑臉看起來，也比羅倫斯平常看慣了的笑臉顯得更加可愛。赫蘿已經表示言語和態度都無法信任，羅倫斯當然只會剩下一個選擇，那就是行動。

然後，為了證明此言不虛，羅倫斯必須從椅子上站起身子。

或者是，繼續坐在椅子上等待赫蘿主動靠近。

對羅倫斯而言，無論是採取主動還是被動，都是魅力十足的選擇。

然而，儘管知道魅力十足，羅倫斯喝了一口葡萄酒後，還是這麼回答：

「那也沒什麼啊，妳就當作被騙，先試著相信這兩種方法再說啊。搞不好不是騙人的喔。」

「……」

不愧是羅姆河流域之狼──伊弗說過的話，效果果然不同凡響。

赫蘿斜眼瞪著羅倫斯，一臉不甘心地甩著尾巴。

她再厲害，想必也無法做出反擊。

比起在裁縫店捉弄工匠學徒，難得在舌戰之中占上風，讓羅倫斯感覺痛快得多。

戰敗會讓強悍的老鷹變成小雞，勝利會讓膽小的老鼠變成勇猛的狼。

然而，狼天生狡猾，根本無人能比。

「咱不是這樣的意思。」

赫蘿露出落寞的表情，帶著怒氣說道。

所謂舌戰，是利用理論和現場氣氛的理性之戰，然而赫蘿卻突然亮出這樣的武器，這根本就是犯規。

如果說方才的互動算是商談的一種，赫蘿使出的就是能夠勝過商談的力量。

正常交易總會敗給什麼呢？

赫蘿看著遲遲不肯採取行動的羅倫斯，把木窗稍微再打開一些。

羅倫斯方才在木窗前，不小心說了一句不該說的話。

他說，不做好逃跑的準備怎麼行啊。

赫蘿讓視線落在窗外，耳朵則是朝向羅倫斯。

羅倫斯連搖頭嘆氣的力氣都沒有。

居然還想贏過赫蘿，真是太自不量力了。

羅倫斯從椅子上站起身子，走近赫蘿。

「妳就不能偶爾對我溫柔一些嗎？」

他在赫蘿身邊說著，坐上窗沿。

赫蘿沒出聲地笑了笑，然後動作輕盈地坐上羅倫斯的膝蓋。

「勝者不可能主動向敗者搭腔。」

「妳一邊這麼說，還一邊把我壓在底下，什麼也不用怕了吧。」

隨著赫蘿把身體貼近，不停擺動的耳朵磨蹭著羅倫斯的臉頰，讓他感到一陣搔癢。

羅倫斯不禁心想，真是隻滿嘴藉口的賢狼大人。

「不過，哎，這樣或許多少能夠信任汝一些唄。」

「是嗎？可是，商人總是會露出感到佩服的表情，一副低頭屈膝的樣子，但其實內心偷偷在吐舌頭。」

雖然連羅倫斯都自覺這話說得太直接，但就算說得婉轉一點，赫蘿也不會手下留情。

「的確，無論是動物還是人類，示弱的時候都會吐舌頭。」

「唔……」

雖然很不甘心，但羅倫斯找不到反擊的話語，只能嘆口氣，然後無力地靠在窗沿上。

赫蘿一邊發出咯咯笑聲，一邊緩緩說道：

「不過，咱能確定，不管是汝還是咱表現軟弱時，身邊都會有人陪伴。」

回想起今天一整天的經過，羅倫斯不禁覺得赫蘿這句話非常重要。

他稍微抱緊赫蘿，回答說：

「我會銘記在心。」

「嗯。」

赫蘿輕輕甩動尾巴，然後輕輕點了點頭。

在這個平靜的時刻，寇爾被灌醉後所發出的呻吟聲，似乎稍嫌吵了些。

不過，無論是幫助赫蘿想起自己的賢狼身分，或是預防羅倫斯的視野變得狹窄，寇爾都是非常重要的存在。

羅倫斯不知道這樣是好是壞。

不過，他至少明白寇爾的存在，確實能成為維持微妙關係的牽制力。

赫蘿閉著眼睛，臉上浮現淡淡笑容，或許她也在思考著同一件事吧。

羅倫斯把雙手繞到赫蘿背後，準備抱緊她嬌小的身軀。

就在這瞬間——

「唔。」

赫蘿突然抬起頭，有些不悅地發出低吼聲。

「怎……怎麼了？」

雖然羅倫斯試圖裝作鎮靜，但還是冒出冷汗，話也說得有點結巴。

不過，赫蘿當然不可能沒發現羅倫斯這樣的反應，她一副受不了他的模樣笑了笑，不停甩動著尾巴。

接著，赫蘿緩緩挺起身子，耳朵好不忙碌地一下子朝左，一下子朝右。

羅倫斯立刻明白了赫蘿沉下臉來的原因。

「唉～預感這東西還真是小看不得。」

「怎樣？」

羅倫斯當然很快地就知道赫蘿所指的意思。

赫蘿看向窗外的同時，羅倫斯也望著同樣的方向。

「喏，叫什麼名字來著？那個破爛店面的老闆。」

「雷諾茲啊？」

在腳步蹣跚、分散走在街上的醉漢之中，出現一名用外套裹住全身、體格稍胖的男子，朝著旅館急急忙忙走來。

羅倫斯仔細一看後，發現男子正環顧四周，同時鬼鬼祟祟地沿著路邊走來。

「這或許是個確認汝之決心是真是假的好機會唄。」

眼看雷諾茲就要走進旅館，面對這般事態，羅倫斯沒有因納悶而歪頭，而是在赫蘿站起身子之前，在她耳邊說道：

「裝睡要裝得像一點啊。」

雖然赫蘿的動作像個鬧彆扭的小孩子，卻露出打從心底感到開懷的壞心眼表情，回答道：

「要邊裝睡邊吐舌頭嗎？」

赫蘿的絕招，就是只說一句話，卻能夠讓其中包涵許多意思。

羅倫斯心想「還是不要隨便回答，以免掉入泥沼」，於是稍微加重撫摸赫蘿尾巴的力道，當作是報剛才那句話的一箭之仇，然後把赫蘿趕上床。

雖說擁有共同秘密的人一向是越少越好，但是如果商行老闆在夜裡主動前來密會，那就另當別論了。

基曼與伊弗都是派人與羅倫斯聯絡，商行老闆卻是親自前來，兩者形成了強烈的對比。

「抱歉，這麼晚來打擾。」

因為一路捧著大肚子前來，所以儘管寒風颼颼，商行老闆的額頭還是冒出汗珠，一副喘吁吁的模樣。

不過，或許有部分原因是因為緊張，商行老闆才會額頭冒汗。

商行老闆壓低音調說話，但似乎不是因為看到赫蘿與寇爾都把身子縮成一團，躺在床上睡覺的緣故。

「要到外面嗎？」

聽到羅倫斯的詢問，雷諾茲回頭向後看了一眼，立刻轉回前方搖了搖頭。雷諾茲似乎認為在戶外密談比較危險，這樣的認知像極了城鎮商人的作風。

旅行商人的活動範圍，多半是在一眼就能看出四周是否有人的草原或道路上。對旅行商人而言，在不知道牆後有什麼人的空間裡密談，比在戶外可怕得多。

「要喝酒嗎？」

勸了雷諾茲坐下後，羅倫斯開口問道。雷諾茲先是搖了搖頭，後來改變心意地說：「可以給我一小杯嗎？」

「看見羅倫斯先生您沒喝醉，我應該沒有白跑一趟……才對吧？」

一介旅人投宿的房間，當然沒有豪華到能好好款待突來的訪客。

羅倫斯直接把葡萄酒倒入寇爾用過的酒杯，然後遞給雷諾茲。雷諾茲見狀，緊繃不已的臉上浮現恭敬的笑容，同時如是說道：

「您是指……一角鯨的事情吧？」

雷諾茲會特地在這種時間前來，就表示他看準了羅倫斯知道一角鯨的事情。

羅倫斯曾經帶著伊弗的親筆信，拜訪過擁有狼骨線索的雷諾茲所經營的商行。雷諾茲一定是認定，一個能在凱爾貝拿到伊弗親筆信的人，不可能沒察覺到城鎮所發生的騷動。

另外，對於雷諾茲知道羅倫斯三人投宿在這家旅館一事，想必也不需詢問其理由。因為就連在河川對岸的基曼都知道這件事。

對城鎮商人而言，他所居住的城鎮，就像佈下了蜘蛛網的巢穴。

羅倫斯一邊思考這些事情，一邊也坐在椅子上。雷諾茲聽了點了點頭。

然而，雷諾茲一直表現得很恭敬。

「我完全不知道發生了什麼事情。所以在猜想羅倫斯先生應該知道是怎麼回事。」

羅倫斯曾經聽過喝醉酒的商人說：「同一個女人在陽光下，以及在夜晚燭光下的模樣，簡直判若兩人。」他心想，這樣的形容似乎也可以放在商人身上。

雖然雷諾茲像個苦惱不已的小店老闆，但就算再怎麼離譜，也不可能苦惱到最後，決定前來旅館尋找只是個旅行商人的羅倫斯，而且選在夜深之時偷偷摸摸前來。

雷諾茲的話語肯定省略了很多單字。

「很遺憾地，我也不是很清楚……」

「您去過里東旅館了吧？」

雷諾茲會如此單刀直入地發言，是因為不想浪費時間嗎？

還是說，這是他展開商談的方式呢？

羅倫斯緩緩別開視線。

然後，他更加緩慢地把視線移回雷諾茲說：

「里東旅館？」

多虧與騙人功夫超一流的赫蘿一路相處下來，羅倫斯的演技才能夠顯得如此自然。

雷諾茲的表情之所以變得僵硬，想必是因為羅倫斯的臉皮比他想像中的厚，而感到驚訝。

「隱瞞事實對彼此不會有幫助的。我知道羅倫斯先生您去過那裡。」

雷諾茲放下酒杯，然後在羅倫斯面前攤開兩手掌心。羅倫斯猜想著雷諾茲的手勢或許是代表「讓我們坦誠相待吧」之類的意思，但在商人與商人之間，這樣的手勢不具任何意義。

羅倫斯開始認真思考。

雷諾茲已經知道羅倫斯去過里東旅館，這是幾乎可以確定的事實，但無論接下來話題怎麼發展，還是都不要說出與伊弗的交談內容，才是上策。

「……如果我說是被叫去閒話家常，您也不會相信吧？」

羅倫斯輕輕嘆了口氣，一副不打算再隱瞞的模樣說道。

就算是懂得識破人類謊言的赫蘿，肯定也無法識破羅倫斯這句話的真偽。

因為世上有太多不可思議的用字遣詞既是真，又是偽。

羅倫斯接著說：

「我從伊弗小姐那裡聽到鎮上發生了什麼騷動。當然了，我沒忘記對她說：『在城鎮發生騷動的時候，妳竟然用容易遭人誤會的方式，叫我到容易遭人誤會的地點。』」

床上傳來布料摩擦聲，羅倫斯隨之發現赫蘿翻過身子。

他心想，赫蘿肯定是忍不住笑了出來，才會翻身。

羅倫斯繼續說：

「伊弗小姐在凱爾貝的立場想必非常特殊，感覺得出來在她鎮定的外表底下，翻騰著各種情緒。只是，她並沒有跟我提到這方面的事情。」

「真的嗎？」

雷諾茲瞪大眼睛，迅速插嘴問道。

比起臉上浮現恭敬笑容的謙遜表情，雷諾茲此刻的表情顯得有活力許多。

「真的。」

有時候佯裝不知情反而能夠增添說服力。

雷諾茲瞪視羅倫斯好一會兒後，終於放鬆身子，用力嘆了一大口氣。

「……抱歉。」

「不會。看您如此慌張的樣子，是不是這與您有什麼直接的利害關係？」

很多時候，攻防的切換動作本身就是一種陷阱。

儘管雷諾茲露出一副鬆懈的樣子，羅倫斯還是不敢掉以輕心。

「完全相反。正因為我完全置身局外，才會如此慌張。」

雷諾茲嘆了口氣後，笨重地在椅子上挪動身子。

這時羅倫斯想起，珍商行因為遭受地主權力者們榨取利益，店面才會一片蕭條。

生意做得好的地方總會引來更多好生意，生意不好時則是相反。

而且，一旦發生危機，平日建立的交情就會隨之化為烏有。這在世上是一種常態。

在經常遇到生死難關的行商之旅中，羅倫斯也有過不少次這樣的經驗。

再說，在景氣蕭條的北凱爾貝，有這麼一個能經營高利潤生意的店鋪，想必會招來人們的反感。在這樣的狀況下，雷諾茲連收買人心的資金都沒有。

倘若危機發生，雷諾茲勢必會被孤立。

「而且，我們家與鎮上的有力人士配合往來，關係好得不得了。這件事您應該聽說了吧？」

如果雷諾茲打算藉著這段話仗勢欺人，那他面臨的狀況或許還好一些，只可惜事實並不然。

不過，雷諾茲的發言成了羅倫斯做出判斷的重要線索。

雷諾茲會這麼說，就表示他認為伊弗告訴了羅倫斯很多有關北凱爾貝的事情。

雷諾茲有了這樣的認知，還特地選在夜深時刻偷偷前來。從這樣的舉動，能夠再猜測出一些他的想法。

也就是說，雷諾茲認為伊弗在這次的一角鯨騷動之中，就算不是站在非常重要的地位，至少也會是站在收集得到情報的位置。

伊弗白天把羅倫斯叫去，然後像是在發牢騷似的自顧自地說不停，而雷諾茲現在展露出來的態度，能讓伊弗當時說的種種話語增添現實感。

「我是聽說了您好像在經營銅製品的進出口生意。」

「呵。」

羅倫斯拐彎抹角的說法讓雷諾茲忍不住笑了出來，然後搔了搔鼻子。

可能是有什麼企圖，也可能是受不了自己面臨的狀況，雷諾茲拉遠了視線。

羅倫斯沒有搭腔，只是輕輕啜了一口葡萄酒。不久後，雷諾茲抬起頭，這麼延續話題說：

「就像您前來打聽的神骨一樣，我本來以為可以利用一角鯨來逆轉局勢。」

說著，雷諾茲用手掌蹭了蹭自己的臉頰。

商人露出的溫和笑容是最不可靠的東西。但是，雷諾茲露出的笑臉讓羅倫斯看了，不禁感到胸口一陣刺痛。

因為他知道珍商行陷在苦境的立場沒有改變，也知道雷諾茲肯定很想擺脫北凱爾貝的枷鎖。

「我抱著一縷希望前來，想說試試看能不能與羅姆河之狼搭上線，沒想到……哈哈，沒事、沒事。真是的，來這邊叨擾您一場。」

雷諾茲勉強笑笑後，一邊放鬆臉頰的力道，一邊說道。

羅倫斯找不到話語接，只能一直陪笑臉。

在這之後，兩人都陷入了沉默，最後是赫蘿的夢囈聲點醒了雷諾茲。

「啊……對，我都忘了時間已經這麼晚了。真是抱歉。」

雷諾茲一邊道歉，一邊站起身子。

他會在夜深時刻來到羅倫斯三人投宿的旅館，或許也是因為已經用盡了所有方法，只剩下最後這個選擇。

雷諾茲之所以會偷偷摸摸前來，或許不是因為擔心被他人撞見與羅倫斯密會，可能惹來麻煩，而純粹是因為不願意被鎮上的人，發現他陷入不得不仰賴非北凱爾貝人幫助的窘境。

這麼一想，羅倫斯不禁覺得雷諾茲的鬆弛臉頰讓人同情。

「不會，很抱歉沒能幫上忙。」

「我才是呢。關於三位前來打聽的事情，我也沒能提供太多情報，抱歉啊。」

羅倫斯與雷諾茲兩人中間隔著桌子，互相露出體貼對方的笑容交談著。

這時，沉默突然降臨，兩人不約而同地露出苦笑，並互相握手。

「您下次如果有機會遇到那隻狼，請幫我告訴她雷諾茲有一肚子怨言。」

「好……抱歉，我知道了。」

羅倫斯忍不住笑了出來，旋即又收起笑容回應。

「這麼晚還來打擾真是抱歉。那我告辭了。」

羅倫斯送客到房門口時，雷諾茲又道歉一次，才踏出與來時成對比的沉重步伐。

「晚安。」

雷諾茲披著外套，走在昏暗的走廊上。聽到羅倫斯向他道晚安，雷諾茲隨即應道：「嗯，晚安。」

雷諾茲就這麼走下階梯，慢慢消失在黑暗之中。

儘管雷諾茲在城鎮擁有商店，並且包辦著銅製品的交易，看起來似乎可以安泰一生，但背影

卻散發出落敗者的氛圍，感覺落寞極了。

羅倫斯回到房內，輕輕嘆了口氣後，找了張椅子坐下。

他用手肘倚著桌面一邊喝酒，一邊反芻與雷諾茲的對話，不禁再次深深體會自己被捲入的事件有多麼地重大。

羅倫斯會有這種感受，是因為就連商才過人的雷諾茲，竟然也會如此拚命地追查一角鯨。

不，應該這麼說才對──

雷諾茲竟然「現在也」如此拚命地追查一角鯨。

「好了……我也差不多該睡了。」

羅倫斯嘀咕著，吹熄了蠟燭，走向床鋪。

他穿過赫蘿與寇爾共枕的床，伸手觸碰自己的床鋪。

躺上床並鑽進被窩後，羅倫斯疲憊地嘆了口氣。

因為眼睛還沒有適應黑暗，羅倫斯眼前的景象顯得模糊。在這片模糊之中，他看見躺在隔壁床裝睡的赫蘿終於醒來。

「好像走遠了唄。」

突然之間，赫蘿的身影好似在黑暗之中消失了。原來是赫蘿在黑暗中發亮的眼眸轉往另一頭的方向。

羅倫斯閉上眼睛，說了句：「辛苦啦。」

「不過，汝沒有立刻跟咱說話，咱真是鬆了口氣。」

赫蘿在床邊坐下，一臉開心地說道。

不出羅倫斯所料，雷諾茲果然踮著腳尖從階梯折返回來。他把耳朵貼在門上，偷聽羅倫斯有沒有向赫蘿說出真心話。

「這個嘛，我還不至於沒注意到這點。」

羅倫斯笑著說道。

「畢竟我也經常這麼做。」

「呵呵呵。不過，那人營造出一股強烈的哀愁感，連咱都差點上了當。實在難以想像那人居然心懷鬼胎。」

「商人這種生物，能把冷的東西和熱的東西同時放進荷包裡。雖然我不覺得雷諾茲背影散發出來的哀愁感是在騙人，但我想他也應當不會就此退縮。」

「商人還真是頑強的生物。」

「說得一點也沒錯。」

羅倫斯笑著答道，接著又問：

「不過，妳覺得雷諾茲的目的會是什麼？」

羅倫斯會刻意這麼詢問赫蘿，是因為他心中早已有了答案。

赫蘿隨即答道：

「他想與那隻狐狸取得聯繫，所以，不會有其他的目的唄。」

「果然是這樣啊……」

「汝在想什麼？」

赫蘿以手撐住床鋪探出身子，露出壞心眼的笑容問道。

她口中這麼問，臉上卻露出胸有成竹的表情。

「沒什麼啊，我只是在想這事情還真是有趣。」

赫蘿之所以微微擺動耳朵並露出壞心眼的笑容，想必是因為聽出羅倫斯的話語一半是發自真心，一半是扯謊。

商人能夠在荷包裡同時放進熱的東西和冷的東西。

羅倫斯一臉疲憊地用雙手枕著後腦勺。

既然有了這樣的藉口，就算內心感到恐懼，也可以一邊說著「可怕的事情才會有趣」，一邊去蹚這灘渾水。

羅倫斯畢竟是個男人，就算早被赫蘿識破真心，多少還是想要顧及面子。而羅倫斯光是這麼想，似乎就已讓赫蘿樂不可支。

赫蘿坐在床上，露出滿面笑容。

這時羅倫斯如果回應赫蘿，賢狼大人肯定會高興不已。

不過，也只有在羅倫斯虛張聲勢的這段期間，賢狼大人才會覺得高興。

若是與赫蘿繼續玩下去，只要她爪子稍微一抓，就能輕易拆穿羅倫斯薄弱的不實理由。至於被拆穿時會有多麼悽慘，羅倫斯連想都不敢想。

而且，更重要的是，如果戳破謊言，就會破壞了此刻建立在危險平衡感上的愉快氣氛。

「我要睡了。」

所以，羅倫斯決定這麼說，並背向赫蘿躺下。

即使背對著赫蘿，羅倫斯也感覺得到空氣中瀰漫著失望的氣氛。

不過，赫蘿只是大大地甩了一下尾巴，然後輕輕說了一聲：「晚安。」

赫蘿慢慢鑽進被窩的聲音傳來，那聲音顯得特別響亮。

她不會做出破壞玩具的行為。

這麼一來，羅倫斯只能做一件事情。

既然喜歡討赫蘿歡心，羅倫斯當然只能盡力讓自己變成堅固的玩具。

隔天清晨。

雖然沒有赫蘿般直覺敏銳，但羅倫斯也隱約察覺有某些事即將發生。

事情就發生在赫蘿有了「必須解決掉南下河川時所準備的食物」當藉口，正大口吃著特大片乳酪配燕麥麵包的時候。

赫蘿大口吃著麵包時的開心模樣，就連寇爾看了都忍不住露出苦笑。然而她卻突然收起笑容，板起了面孔。

羅倫斯原本以為赫蘿肯定是咬到了舌頭，幸好在開口之前，答案就先進了他的眼裡。

旅館老闆這時候理應忙著招呼準備出發，或用早餐的旅人，卻來到了羅倫斯等人的房間。

如果只是旅館老闆前來，赫蘿只要披上外套並蓋住頭部就好，沒什麼大不了的。

然而，羅倫斯看到赫蘿使了使眼色。隨即，在寇爾打開房門後，門口出現了旅館老闆與另一人的身影。

「早安，羅倫斯先生。」

響亮又具張力的聲音，和對方無時無刻散發出來的自信相當匹配。

對方像個貴族般，穿著上過漿、直挺的全新服裝，他就是魯德・基曼。

「……早安。」

在羅倫斯回應時，旅館老闆已經向基曼收下銀幣，急急忙忙離開了。

在如此忙碌的時刻被叫了出來，旅館老闆肯定覺得相當困擾，然而基曼卻是一副滿不在乎的模樣。

這般舉止像是刻意在向羅倫斯炫耀，也像是一種自然表現。

「您在用早餐啊？真是抱歉。」

羅倫斯不禁覺得這句話的意思似乎是：「旅行商人也學貴族吃早餐啊？」不過這一定是他想太多了。

對於不習慣吃早餐的城鎮居民來說，剛起床立刻吃早餐本來就是一種很奇怪的行為。

「不會，我可以盡快用完早餐……有何貴事呢？」

基曼先是寄了要羅倫斯出力協助的信件，現在又特地前來旅館找人，這要猜出目的並不難。

對基曼而言，羅倫斯沒有逃跑，就表示願意提供協助。但北凱爾貝對基曼來說，是充滿背叛誘因的敵陣。基曼十之八九是前來帶羅倫斯三人到南凱爾貝去。

原本露出銳利的眼神，毫不客氣地掃視著房間的基曼，在聽到羅倫斯的回答後，像是聽到孩子答出有智慧的答案似的，開心地笑了笑。接著他反問道：「方便到外面談嗎？我看這裡好像隨時會有老鼠跑出來似的。」

羅倫斯當然明白基曼會露出苦笑的理由。

雖然在旅行生活中，老鼠是旅人獨自用餐時的說話對象，但對於必須在港口城鎮負責保管貨物的人們來說，老鼠就像是惡魔般的存在。

基曼會這麼說，應該是暗指可能有人在偷聽，但也是因為他真的很討厭老鼠吧。

「方便的話，我希望您可以退掉這家旅館。三位的行李……喔?好像沒什麼問題的樣子。」

雖然基曼口中說著「方便的話」，但羅倫斯當然知道基曼根本不會管他到底方不方便。

因為早預料到會這樣，所以羅倫斯覺得無所謂。倒是房間角落的行李收拾得太過整齊，讓他忍不住有點在意起來。

或許這會讓人覺得羅倫斯三人曾經打算趁夜逃跑。

「那麼，我在樓下等候三位。」

羅倫斯不確定基曼到底有沒有察覺到這點，只見他迅速轉過身子走了出去。

貴族登場時動作誇大，退場時動作乾脆俐落。

基曼把貴族的形象表演得淋漓盡致。

「哼。確實很像汝會討厭的類型。」

「我說得沒錯吧?」

或許基曼有什麼舉止也讓赫蘿感到不悅，赫蘿在把最後一小塊麵包塞進嘴裡後，偷偷地向羅倫斯耳語。

不過，聽到赫蘿的發言後，只有寇爾一臉驚訝地說：

「咦……我還在想他那樣子看起來很帥氣耶……」

羅倫斯與赫蘿互看一眼，隨即同時貼近寇爾說：

「你絕對不可以變成那樣！」

寇爾不停眨著眼睛，然後含糊地點了點頭。

基曼不知道在與旅館老闆聊些什麼，一看見羅倫斯三人下來，馬上以挖苦的口吻說：

「好了，我們就大大方方地從正門口坐上馬車吧。」

基曼一定已經知道羅倫斯收到過伊弗的信，而且也知道他從後門搭了伊弗派來的馬車。

不過，當羅倫斯告訴基曼他與伊弗是朋友時，就已經暗示了自己可能是伊弗的密探。

儘管如此，基曼還是判斷羅倫斯有利用價值。

「很遺憾地，這次沒能夠為三位準備有車篷的馬車。啊，請上車。」

就算沒有車篷，停在旅館前方的六人座馬車也夠氣派了。

馬伕是個滿臉鬍鬚的獨眼老人，老人輕輕瞥了羅倫斯三人一眼後，一言不發地望向前方。

有些船夫從事跟海盜沒什麼兩樣的生意。據說他們在受傷或告老退休後，由於忘不了大海，留在港口城鎮工作的大有人在。

老人握住韁繩的左手少了小指和無名指，手背上滿是傷痕。

看得出來老人的口風一定很緊。

馬車上的兩排座椅彼此相對，羅倫斯三人坐在面對行進方向的座位，基曼則是坐在另一邊。

「那麼，請到港口。」

聽到基曼這麼說，馬伕靜靜地點點頭，開始駕著馬車前進。

「好了，就來說說我一大早會出現在這裡的原因。」

「是因為在敵陣交涉會比較有利嗎？」

聽到羅倫斯的反擊，基曼僵著一張笑臉，頓了頓手邊的動作後，一臉佩服地點了點頭。

雖然基曼的態度還是沒把羅倫斯放在眼裡，但一定感到很驚訝。

他一定在想：「奇怪？我不是已經把羅倫斯的膽子嚇破了嗎？」

當然了，如果不是赫蘿陪伴在身邊，羅倫斯肯定早就表現出畏畏縮縮的樣子。

「是的，沒錯。當鎮上發生騷動時，為了防止騷動擴大，像我們這種立場的人暫時會無法渡河。由於無法渡河，所以我們通常會靠箭書互相聯絡，但因為這次南北雙方都很焦急，所以現在決定在三角洲上議論怎麼解決紛爭。我們年輕一輩負責打頭陣，其他人現在應該正在和地主們交涉議會日程和形式吧。」

像基曼這種充滿自我表現慾和升官慾的人們，此刻肯定競相來到了北凱爾貝。

然後，這些人肯定各有所謀，企圖在這場騷動之中抬高自己的身價，以及提高所屬公會或商行的知名度。

基曼之所以沒有與這些人在一起，或許是因為他確信自己拔得頭籌，得到了與伊弗取得聯繫的門路。

「造成騷動的原因是一角鯨，沒錯吧？」

聽到羅倫斯的詢問，基曼這回沒有顯得驚訝。

他反而是一副「這樣就好溝通了」的開心模樣點點頭說：

「是的，沒錯。據說一角鯨的角比小鳥心臟的血液更具有治療痛風的效用。光是這點，就能夠想像出貴族有多麼想要得到一角鯨。」

「是啊。貪吃是教會認定的七大罪行之一，而神明給予這些貪吃者的懲罰，就是讓他們染上痛風。」

羅倫斯表現得非常從容，甚至還能夠在話中帶些挖苦赫蘿的意味。

雖然基曼的話語處處暗藏玄機，羅倫斯還是會感到恐懼，但此刻羅倫斯已經不再抱著多餘的恐懼感。

「那些常駐鎮上的貴族御用商人，想必已經派出快馬通知各自的主人了吧。不過，我們早就列出所有想得要一角鯨的貴族名單了。」

「您是說已經做好迎戰準備，是嗎？」

基曼瞇起眼睛，莞爾一笑說：

「是的。」

馬車穿過小巷，來到河濱的大馬路上。

一旦限制渡河，就算限制時間不會太久，還是會有很多人感到困擾。

渡河限制似乎已經解除，在寬廣的河濱大馬路上，可看見好幾艘載滿乘客的船正橫越河川。

「對了。」

基曼任由帶著腥味的海風輕拂他柔軟的金髮，詢問道：

「您跟伊弗小姐聊到了哪裡？」

現在是羅倫斯與基曼交談的分水嶺。

在這個時刻，羅倫斯順利地露出滿面笑容，裝傻說：

「呃……跟伊弗小姐？」

基曼的太陽穴在這瞬間輕輕抽動了一下，而羅倫斯當然沒有錯過這一幕。

「沒事，我太失禮了。」

說罷，基曼板著臉面向河川，陷入了沉默。

基曼肯定早就根據羅倫斯的行蹤，猜出羅倫斯與誰見了面。

而且他應該打好了如意算盤，準備從羅倫斯口中問出真相，讓羅倫斯正中陷阱，再用繩子牢牢拴住羅倫斯的脖子。

如今這樣的如意算盤落了空，基曼才會突然沉默不語。

也可能是他發現羅倫斯不是能夠任意操控的木偶，所以正在思考是否應該表現出更重視羅倫斯的態度。

羅倫斯在基曼陷入沉默後，立刻主動開口說話。不過，他不是為了擊潰基曼。

「說到伊弗小姐，我在黃金之泉跟她聊到了一些。」

「……聊到了什麼呢？」

基曼稍微看了羅倫斯一眼。

從他眼裡流露出不把人當人看的冷漠目光，那是為了自我利益而統治商人的人物，才會有的目光。

「她說，世上最教人困擾的事情就是——被人強迫推銷用金錢買不到的東西。」

基曼在這時第一次明顯露出驚訝的表情。

然後，他展露笑顏說：「我想也是吧。」

羅倫斯絲毫沒有與基曼敵對的念頭。

之所以會說出暗示伊弗告訴過他被地主兒子追求的事，是在表明自己雖然隱瞞與伊弗交談的核心內容，但不會隱瞞與伊弗見過面的事實。

也就是說，羅倫斯想表達的是：「接下來就要看你有沒有誠意。」而這訊息肯定也順利傳達了出去。
雖然基曼仍然保持著沉默，但光是得到這樣的回應，羅倫斯已感到滿足。因為羅倫斯知道基曼錯估了他這顆棋子的重要性，所以需要時間變更佈局。
到達渡船口後，羅倫斯等人坐上了渡船，準備前往南凱爾貝。
在等待基曼支付所有人的船費時，赫蘿踩了羅倫斯一腳，然後一臉開心地說了句：「少在那邊得意忘形。」
雖然知道赫蘿應該是在誇獎自己表現得還不賴，但羅倫斯當然不會因此得意起來。因為，儘管他覺得自己表現盡善盡美，手掌心卻是佈滿汗水。
排列整齊的建築物，鋪上平整石塊的路面，以及與北凱爾貝截然不同、卻又無比熟悉的城鎮光景，讓羅倫斯第一次感受到自己來到了敵陣。
「那麼，我們走吧。」
在基曼的帶路下，羅倫斯三人一步一步朝向敵陣深處走去。

第六幕

「我保證不會造成三位的不便。」

基曼帶領羅倫斯三人來到一棟五層樓高的旅館，這間旅館離羅倫斯所屬的羅恩商業公會總行不遠。

看見熟悉的入口處設計，以及同樣讓人覺得熟悉的內部裝潢，羅倫斯心想這裡或許是隸屬羅恩公會的旅人經常利用的旅館。羅倫斯等人被帶到了一間面向中庭的三樓房間。

這裡的房間好得沒話說，比起伊弗介紹的北凱爾貝旅館，這家旅館的環境好上太多，而且居然還不用支付住宿費。

不過，就算受到再好的待遇，也不可能完全相信基曼說的話。

想必基曼的意思是說，他會在不造成不便的狀況下，監視羅倫斯三人。

「如果有什麼需要，請告訴旅館老闆。還有，方便的話，外出時請告知旅館老闆要去哪裡，這樣就能夠避免因為找不到人而造成不幸。」

羅倫斯本以為會被限制外出，這時不禁有些意外。

不過，反過來說，基曼寬容的態度是在彰顯他的自信，表示他已經想好完善的方案，就算羅倫斯外出或是與他人密會，他也不會在乎。

而且，羅倫斯相信事實也確是如此。

他把這些思緒藏在商人的面具底下，並回答道：「我知道了。」

「那就請在這裡悠哉度過一陣子吧。」

基曼笑著說道。羅倫斯還來不及回應，基曼就已經走出房間，關上了房門。

羅倫斯一臉驚訝地凝視著關上的房門。

他還以為來到這裡之後，基曼一定會說明關於在這次事件中，自己應該扮演什麼樣的角色。

然而基曼走得卻是如此乾脆，這讓羅倫斯有種期待落空的感覺。

「……搞什麼啊。」

羅倫斯搔了搔頭，嘆著氣說道。隨即他發現赫蘿已經很享受地躺在床上，而寇爾則是驚訝地摸著床舖。

「你在做什麼？」

寇爾回過頭來，炯炯有神地說：

「這……這裡面塞滿了棉花！」

「棉花？」

「汝也快來躺躺看唄。感覺軟綿綿的，就好像躺在雲朵上。」

如果要住在床鋪塞滿棉花的房間，肯定得支付昂貴的住宿費。

從基曼志在必得的表現，以及「想要得到報酬，就用勞力來換」的原則看來，他會願意免費讓羅倫斯住在如此高級的房間，就表示他打算派給羅倫斯的工作能夠帶來相同的利益。

這讓羅倫斯感覺到這筆交易在觀念上的重要性，變得越來越具體。

他這才發現房間的裝潢也是相當氣派。

走近木窗一看，看見木窗結構緊密，連風兒都鑽不進來。若是打開木窗俯瞰中庭，還能飽覽在這個寒冷季節綻放的各種花朵。

「……」

要是在旅館用餐，說不定能吃到一桌高級的餐食。

羅倫斯也聽過這種手法。

如果只是提供符合對方身分的利益，對方只會付出符合利益的勞力。

必須提供壓過對方氣勢、足以讓對方畏縮的利益，才能夠隨意操控對方，並期待對方付出超其所能的勞力。

理應已經趕出視野之外、蓋上蓋子的恐懼心，此時再度爬上羅倫斯心頭。

至少應該先聽基曼說明才對。

羅倫斯把視線從中庭移回房內。就在這時——

「大笨驢。」

羅倫斯發現赫蘿就站在他身後，嚇得差點跌出窗外。

「妳、妳幹嘛——」

「咱才想問汝在做什麼吶。汝怎麼又露出在煩惱事情的表情？都免費住到汝的荷包根本負擔不起的房間了，此時不坦率地讓自己開心點，更待何時？」

赫蘿一臉受不了地說道。

寇爾在赫蘿身後，露出一副戰戰兢兢的模樣，在塞滿棉花的床鋪上慢慢坐下。

「沒這回事……」

見羅倫斯說不出話來，赫蘿用食指頂了一下羅倫斯的胸口，說道：

「汝在這方面真的太弱了。基本上，汝覺得那個討人厭的小子為什麼不做說明，就離開房間呢？這次可沒有人像昨晚那樣躲在門外偷聽。就這點來說，那小子挺有趣的。」

赫蘿一邊越過肩膀看向房門，一邊露出尖牙說下去：

「如果汝的說明無誤，那小子到現在應該還在懷疑汝才對。畢竟汝的確跟那隻狐狸有關聯，那小子為了讓汝變成他的棋子，而把汝帶到自己的陣地時，應該採取什麼行動呢？他應該不要綁住汝，好確認汝的行動，不是嗎？」

雖然赫蘿的意見很有道理，但這點並不能解釋基曼為什麼不做任何說明。

「因為不信任我，所以沒做說明，事情就這麼簡單嗎？」

赫蘿聽了露出笑容，但臉上卻不帶任何笑意。

這表示羅倫斯沒有說出正確答案。

赫蘿拉著羅倫斯的鬍鬚，當作是答錯的懲罰。

「被帶到至今仍不知是敵是友的地方，連個說明都沒有，就被丟在這裡，一般至少會知道應該怎麼做唄？汝自己到了城鎮後，不也會先收集情報嗎？」

寇爾在後方一副興致勃勃的模樣，聆聽著赫蘿的授課。

赫蘿之所以刻意在這裡如此說，肯定是要讓羅倫斯為了不在寇爾面前丟臉而拚命思考。

羅倫斯心想：就算妳沒這麼做，我也知道要動腦思考。

然而，他還是想不出基曼不說明的理由。

看著羅倫斯支支吾吾的模樣，賢狼放開他的鬍鬚，在胸前交叉雙手，說道：

「去找知情者詢問、或是找信得過的傢伙諮詢——不管是人類還是動物，這時的反應應該都不會相差太遠才是唄。說明白一點，這就像憑著心中的地圖，走在陌生的土地上一樣。人類和動物的心都是看不見的東西。不過，只要對方一有什麼動靜，就能夠從舉止之中，觀察出對方握有什麼樣的地圖。就像觀察咱的耳朵和尾巴，或是汝的鬍鬚一樣。」

儘管知道赫蘿是在開玩笑，羅倫斯還是不由自主地摸了摸鬍鬚。

「重點就是……」

都已經給這麼多提示了，羅倫斯如果還答不出來，赫蘿肯定會牽起寇爾的手前往約伊茲。

羅倫斯在千鈞一髮之際，在赫蘿說話的空隙插了嘴：

「他想知道我陷入焦慮之後，會去找誰商量，對吧？」

「……」

赫蘿沒有接話，想來是硬生生吞回了對羅倫斯遲緩回答的斥責吧。

「真是的……那小子刻意把咱們關進設備如此完善的房間，也是——」

「為了讓我們感到害怕。」

赫蘿聳聳肩，微微擺動耳朵後，向後轉身。

認真聽課的寇爾睜大眼睛，緩緩點了點頭。

「好啦，咱們現在應該怎麼做呢？」

聽到突如其來的問題，寇爾一時間答不出話來。

不過，為了回答問題，他拚命動著腦思考，而赫蘿則是甩著尾巴，反而像是希望聽到羅倫斯的答案。

這就像在小狗面前丟出骨頭一樣。

儘管知道赫蘿的企圖，羅倫斯還是忍不住朝著骨頭撲過去。

現在是賢狼主導一切。

兩隻愚蠢的雄性正被她放在手掌心上互相較勁。

「表現出目中無人的態度，跟平常一樣過日子。」

結果是羅倫斯快了一步。

羅倫斯看到寇爾也正要開口，心裡明白自己只是險勝。

赫蘿望著寇爾好一會兒，緩緩轉身面向羅倫斯，露出像是在說「表現得還可以」的笑容。

「如果我們下定決心協助基曼，就沒必要害怕，也能把這裡當成自己的巢穴、自己的家，而不是敵陣。」

赫蘿聽了，彷彿得到期待已久的寶物似地，滿足地點了點頭，並微微擺動著耳朵。

羅倫斯將視線越過赫蘿，朝寇爾問道：「你的答案跟我一樣嗎？」同行的少年笑了笑，但有些不甘心地點了點頭。

「而且，如果這個即將被託付重大任務的傢伙，表現得像是要被重責壓垮似的，汝說委託人會怎樣想？他能夠安心託付任務嗎？」

因為羅倫斯至今都是獨力做生意、獨自苦惱，所以一直沒有特別在意這方面的事情。

羅倫斯鮮少會在乎如何用人，而一碰上這方面的事情，思考就會陷入瓶頸。

在雙手可及的範圍內，羅倫斯對自己的戰鬥力還算有自信。

然而，世上有許多人戰鬥時，會拿著比手臂還長的長槍和弓箭。

而且，戰鬥的勝負，有時候是由手無寸鐵的指揮官下達的指令來決定的。

赫蘿在漫長歲月中，一直是群體的首領。

明明身子嬌小纖細，看起來卻有兩、三倍那麼大。

「不過，咱如果是那小子，就不會做這種磨磨蹭蹭急死人的事情了。」

赫蘿心滿意足地笑笑，嘴唇底下的雪白尖牙隨之露出。

「咱是赫蘿！約伊茲的賢狼赫蘿！」

赫蘿雙手叉腰，抬頭挺胸地這麼說。

聽到赫蘿許久不曾說出的這句台詞，羅倫斯不禁覺得：這種忍不住想自誇的舉動，果然很符合赫蘿的作風。

不過，看見寇爾一臉傾慕地注視著赫蘿，羅倫斯又覺得這樣或許正好。

如果表現得太像賢狼，赫蘿就不能放心地像個孩子一樣天真地自誇。

「那麼，汝啊，咱們該怎麼做呢？」

這才是赫蘿的真正目的。

羅倫斯說出赫蘿期望的答案：

「到外面悠哉閒逛。」

「嗯。還要盡量表現出目中無人的樣子。」

赫蘿微微移開視線，斜眼凝視著羅倫斯。

赫蘿這麼做，表示她很在意羅倫斯會不會看穿她的真心話。

羅倫斯不禁有種想故意忽略的衝動，這或許是一種輕微的病態吧。

「那這樣，我想想啊。不然我們去參觀教會保管的一角鯨好了。」

羅倫斯話中有點開玩笑的意味，這是為了強調這是出自他本身的提議。

寇爾顯得有些驚訝的樣子，赫蘿則是刻意裝出驚訝的樣子。

羅倫斯只能佩服地心想：真是的，怎麼有人這麼懂得利用狀況。

「而且，我們來這裡的途中，不是看到教會門口圍起了人牆嗎？所以只要開口要求，應該能進去參觀才對。」

明明與伊弗可能有關聯，還去參觀騷動起因的一角鯨，這樣的舉動會不會像在暗示背叛的可能性呢？其實不會。

如果羅倫斯打算背叛基曼等人，就沒有理由故意做出引起基曼等人注意的舉動。

當然了，這只是假設性的說法，若是仔細思考，或許也能推敲出藏在事實背後深處的真相。

「要去嗎？光是吃吃喝喝，也會覺得無聊吧？」

赫蘿驕傲地說自己是賢狼赫蘿。

這確實是她歷經大風大浪，直到有資格自稱賢狼，才能做出的宣言。不過，她宣言的方式還有著孩子氣的天真。
這樣的舉動包含了兩個事實。
身為賢狼的赫蘿有自信面對一角鯨。同時，這代表直到現在，她還像個小孩子一樣對一角鯨感興趣。
這大概就是赫蘿的心境吧。
不，從她高興的模樣看來，應該就是這樣沒錯。
「哎，以汝的程度來說，算是很不錯的提議唄。」
聽見赫蘿以極度不爽的挖苦作結，讓羅倫斯知道自己的表現得到了滿分。
寇爾也從床鋪站起身子，急急忙忙做起準備。
這樣的三人隊伍說有多奇妙，就有多奇妙。
至少現在三人同在的這裡，是讓羅倫斯感到安心的避風港。

不出所料，羅倫斯告訴旅館老闆想要參觀一角鯨後，隨即被告知「只要去教會報上基曼的名字就好」。
基曼肯定料到了這件事。

雖然沒有特地向赫蘿確認，但羅倫斯知道離開旅館後，有幾人尾隨著他們。

教會面對南凱爾貝的主要街道，是鎮上最氣派的建築物。

南凱爾貝與北凱爾貝不同，這裡的建築物高度受到限制，也統一規定不得過度裝飾。在層層規定之下，就只有教會的建築物完全展現了莊嚴及美感。

教會的鐘塔朝向天際高高聳立，遠遠高過其他的建築物。塔頂的吊鐘被擦拭得閃閃發亮，想必就是從塔底仰望，也能看到那耀眼的光芒吧。面向道路的氣派大門採用厚重木門，一看就知道開關門會非常費力，木門上釘滿了鐵鉚釘和鐵片加以補強。就是再可怕的惡魔成群來襲，肯定也撞不開這樣的大門。

每一棟教會建築物都是以巨石建造而成。在正門上方，裝飾著描述聖經故事的雕刻；充滿慈悲心的天使正朝向穿過大門的人們投以溫柔的目光。

所謂「氣勢逼人」，就是在形容這樣的建築物。

走進森林或深山時，時而會看見彷彿為了支撐天空而生長的巨樹。

這些巨樹大多是該地區的神明或精靈寄宿其中的聖樹，若是站在聖樹前方，人們就會很自然地挺起背脊。

然而，此刻出現在眼前的，不是在與人們無關的地方、靠著與人們無關的力量生長而成的巨樹，而是人們在自己的土地上、靠著自己的力量建造的教會。

而且，存在教會裡的神明，不是會用尖牙利爪撕裂人們的神明，而是與人類擁有相同外表、充滿慈愛的神明。

和教會的神明相比，對著瀑布或泉水祈禱、敬仰蟾蜍、把動物長嚎聲視為精靈聲音而害怕發抖的異教徒之神，或許確實比較野蠻，也是會讓人忍不住皺起眉頭的存在。

就算身旁有赫蘿這樣的存在，羅倫斯還是會這麼想。

如果不是被赫蘿粗魯地拉了一下耳朵，羅倫斯肯定會一直沉浸在教會散發出來的莊嚴之中。

「喏，還不快進去。」

教會前方圍起了人牆，羅倫斯豎起耳朵一聽，聽見大家都在討論一角鯨的話題。人們的嘴巴不能拉上拉鍊，所以風聲也就這麼不知從何處傳了出來。

然而，儘管大家爭相目睹一角鯨，卻被守在教會門口、手持長槍的士兵阻擋在外。

羅倫斯與寇爾被赫蘿拉著穿過人牆爬上石階，三人剛來到入口處時，就被士兵的長槍擋住了去路。

「教會現在正在執行聖務，不得進入。」

權力是不可思議的無形力量。

「我是羅恩商業公會的人，得到了基曼先生的許可而來。」

聽到羅倫斯的話語後，兩名士兵互看了一眼，隨即像是擔心隨便把人趕走會惹來麻煩般不甘願地收起長槍，並催促羅倫斯三人走進教會。

「打擾了。」

羅倫斯展露笑顏說道，然後拉著到現在還一臉不悅的赫蘿走進教會。

寇爾似乎也一直很緊張的樣子，羅倫斯仔細一看，發現寇爾邊走還邊拉著赫蘿的長袍衣角。

「好安靜喔。」

雖說是教會，但規模如此龐大，簡直差不多可以稱作城堡了。

蓋在鄉間山區的城堡，多半都是既狹窄又黑暗，還會看見豬隻和山羊在城裡走來走去。不過，這裡是有品味的都市城堡。

穿過入口處後，可看見用了鮮豔色彩的顏料，畫上聖經某段故事插圖的圓形天花板，以及雕刻著世上不曾見過的奇怪生物圖樣、彷彿在強調這裡不是凡俗世界似的樑柱。

教會的窗戶很少，可看見燃燒著的蠟燭發出微弱燭光。不過，為了避免壁面和壁畫被碳黑破壞，所以教會裡使用不太會產生黑煙的高級蜜蠟。

羅倫斯回頭一看，看見了許多民眾即使被兩名士兵阻擋，仍拚命想要往教會裡頭看。

的確，要是平時就享有這樣的特權，也難怪教會的高階聖職者或權力者們會變得驕傲自滿。

「好像放在最裡面吶。」

赫蘿一邊皺著鼻子嗅味道，一邊這麼說。

就算規模變大，教會的基本構造還是不會改變。

只要直直往前走，想必就會抵達聖堂，而像是聖遺物之類的特別物品，應該都會被安置在聖堂裡的祭壇底下或後方。

羅倫斯還來不及開口說話，直直注視著教會最深處的赫蘿已經走了出去。

她就像受到什麼神秘力量牽引似的，一步一步往前走去。

然後，赫蘿準備打開同樣雕刻了莊嚴圖樣的房門。就在此時——

「什麼人!?」

尖銳刺耳的聲音傳來，連赫蘿也吃驚地縮起身子。

不，赫蘿不可能有感到意外的時候。

她是太過專注，而忘了注意周遭的動靜。

畢竟這個生吃其肉就能夠長生不老、赫蘿很久以前也曾經追查過的傳說生物，現在就近在面前。

「你們是什麼人!?衛兵跑哪兒去了!?」

一名身穿乳白色長袍、不胖不瘦、鼻梁高挺的高個子男子說道。

男子露出一百人看了全都會說「一看就知道是聖職者」的神經質表情，聲音也如殺雞時的慘叫般尖銳。

「抱歉讓您嚇了一跳。是羅恩商業公會的魯德・基曼先生介紹我們來的。」

羅倫斯在說出自己的名字之前，先報上基曼的名字，然後很快地說：

「聯絡上好像出了什麼錯的樣子。」

沒有一個地方比教會更重視程序和規矩。

不過，比起寫在紙上的程序和規矩，教會更重視人際關係。

「什麼……羅恩公會？啊，抱歉、抱歉。」

男子一下子激動起來，但也很快地恢復鎮靜，並對從走廊深處跑來、不知發生何事的士兵做起說明。

站在入口處的兩名士兵一副裝作沒看見的樣子。

羅倫斯心想：這種狀況似乎經常發生的樣子。

「咳！我是這所教會的副祭司——史恩・納崔。」

「我是隸屬於羅恩商業公會的克拉福・羅倫斯。這位是與我一起旅行的……」

「咱是赫蘿。」

「我是托特・寇爾。」

赫蘿把注意力放在門後，寇爾則是恭恭敬敬地道出姓名。

商人、打扮像修女的少女，以及衣著破舊的少年。

雖然這是很奇妙的組合，但對於幾乎一整天都在教會裡度過的人來說，或許凡俗世界裡的一切都一樣奇妙。

男子沒有露出感到很不可思議的表情。

「原來是這樣啊。三位來到這裡，是想要祈禱什麼嗎？」

世上沒有人比教會的聖職者更會用這種明知故問的態度問話。

羅倫斯輕輕咳了一聲，這麼回答：

「不是，我們聽說一角鯨被送進了教會，在想不知道有沒有機會看到一角鯨。」

「這樣啊……」

說著，納崔助祭司露出打量人的目光凝視起羅倫斯。

納崔會這麼打量人，無疑是在計算要向羅倫斯索討多少捐贈金。

「方便請教三位的目的嗎？因為啊……」

羅倫斯打算回答時，納崔阻止了他，並繼續說：

「關於搬進本教會的東西，我們到現在還辨別不出是神聖之物，還是邪惡之物。世上的每一樣東西都是出自神明之手，這是不容置疑的事實。然而，現在卻出現了這樣的異形之物。現在祭司大人借助神明的力量做了安置，就算是羅恩商業工會的基曼卿的介紹，我們還是很為難。」

雖然羅倫斯很習慣聽到這種長篇大論的發言，但赫蘿似乎已經到了忍耐的極限。

羅倫斯不得已，只好露出笑容走近納崔，一邊把手伸進外套內側，一邊說：

「老實說，基曼先生有請我幫他向神聖偉大的神僕——納崔大人問好。」

然後，羅倫斯保持遞出文件的姿勢，握住納崔的手。

「……我確實收到您的傳話了。」

納崔冷漠地回應，跟著又咳了一聲。

「那麼，雖然那樣東西正在教堂進行神聖化作業，但還是破例讓三位參觀一下吧。」

「謝謝您。」

羅倫斯誇大地道謝後，納崔露出一副心虛接納的樣子點點頭，走到赫蘿所在的門前，取下門栓，打開門說：

「我目前仍在修行中，所以禁止直接觀看。」

納崔這句話的意思可以解讀成「因為異形之物太可怕，所以不敢直視」。

也可能是因為接受了賄賂，所以沒有勇氣踏進聖堂。

不管納崔真正的想法究竟是什麼，準備跟在赫蘿後頭踏進聖堂的羅倫斯，都忍不住露出淡淡的苦笑。

不過，他的苦笑並非針對令人作嘔的聖職者。

而是因為看見門關著的時候，赫蘿明明一副恨不得馬上衝進去的模樣，現在門打開了，卻變得躊躇不前。

「進去吧。」

羅倫斯輕聲說著，伸手推了赫蘿一把。

赫蘿很久以前追查過一角鯨，就表示她曾想讓某人吃到一角鯨的生肉。

那個人是赫蘿幾百年前在帕斯羅村遇到的村民嗎？還是旅途中遇到的其他人呢？

赫蘿最後肯定沒有找到一角鯨的生肉，而那個人肯定已經死去。

當時赫蘿已經預料到那個人死期將近嗎？還是那個人是在旅途中突然喪命？

羅倫斯不知道答案是哪一方，但他知道赫蘿與那個人一定沒以笑臉分手。

不過，那個人或許露出了笑臉吧。

因為直到現在，赫蘿在一角鯨面前仍然會露出這種表情。

「……這就是……」

寇爾喃喃說道。

在層層排列、有數百個座位的長木椅之間，有一條直直延伸的石地板走道。

走道上鋪著褪色的地毯，散發出彷彿通往天國似的神聖感。

走道盡頭有一面必須仰望才看清全貌的高大牆壁，牆面上用彩色玻璃拼湊組合，描繪出宏偉的神像，而兩端則描繪著讚頌神明榮耀的天使畫像。

神像下方——也就是神明腳邊設有聖職者引導民眾的祭壇，祭壇下方擺設著巨大的棺木。

即使從遠方看去，也能夠隱約看見異形的一小部位。

巨大的棺木裡似乎裝了水。在發現棺外的動靜後，活生生的傳說動了一下，水花隨之濺出。

同時也傳來了敲打木頭的聲音。那是異形用直挺的白角敲打棺木邊緣的聲音。

「這東西真的存在耶。」

羅倫斯三人都沒能夠踏出腳步。

俗話說好奇心會害死貓，而商人的好奇心之旺盛，就連神明都敢殺害。

然而，羅倫斯難以靠近一角鯨。

他現在似乎能夠明白，為何世上會流傳著吃了其生肉，就能夠長生不老的傳說。

「要走近一點看嗎？」

羅倫斯一伸手搭上赫蘿的肩，赫蘿就驚訝地回過頭來。

「……」

然後，她沉默地搖搖頭，重新面向前方。

赫蘿面無表情地注視著一角鯨，彷彿像在向過去的自己告別。

「那、那個也是神明嗎？」

寇爾輕聲說道。

羅倫斯這才發現，一直抓著赫蘿衣角的寇爾，不知何時也抓住了他的衣角。

「我也不知道。是不是啊？」

羅倫斯這麼詢問身邊的赫蘿，赫蘿便露出惱怒的神情。

他當然看得出來赫蘿的表情是在說「幹嘛問咱這種問題」，但除了赫蘿，沒有其他人能夠回答，所以他也沒輒。

「至少能夠確定那是屬於正常生命圈裡的生物唄。不屬於正常生命圈的存在，會散發出獨特的味道，但那東西沒有。」

赫蘿刻意哼了一聲，然後一臉落寞地轉向羅倫斯與寇爾。

發現赫蘿的舉動代表著什麼意思後，寇爾慌張地想要說些什麼，卻吞吞吐吐地說不出話來。

羅倫斯把手放在寇爾頭上，一邊說：「別理她那種沒品的惡作劇。」一邊看向赫蘿，結果赫蘿一臉不悅地別過臉去，絲毫沒有打算反省的意思。

「不過，以那個大小和這般程度的護衛……」

赫蘿一邊環視四周，一邊刻意壓低聲音說道。

她在鼓舞羅倫斯時曾說過：「事到緊要關頭時，只要搶走一角鯨就好。」看來她似乎是打算來真的。

「那不是個假設而已嗎？」

聽到羅倫斯的詢問後，赫蘿壞心眼地笑笑，微微傾著頭說：

「如果光憑假設就能夠讓汝不再畏怯，那咱就輕鬆多了。」

「……」

的確，如果確定隨時都能搶走一角鯨，那當然是最好不過了。

「問題是要從哪裡進來唄。」

「撞破大門怎樣？」

「那扇門要是牢牢關上了，咱不確定撞不撞得破。」

羅倫斯想起利用鐵片和鐵鉚釘做了補強的正門。

事實上，教會裡擺放許多高價品，萬一發生了戰亂，教會將會是第一個受到攻擊的目標，人們也會把教會視為最後的堡壘而躲進教會。

所以，教會建蓋正門時，勢必會以能夠承受攻城器的攻擊為第一考量。

赫蘿再怎麼厲害，想要突破正門可能還是有些難度。

「如果從那裡進來呢？」

說著，寇爾指著位於一角鯨上方遠處的彩色玻璃牆。

雖然教會裡也有採光窗戶，但如果考慮到赫蘿的巨大身軀，恐怕也只能利用那面彩色玻璃牆不可。

「那樣可能會遭天譴喔。」

聽到羅倫斯這麼說，赫蘿興味盎然地從喉嚨發出聲音說：

「咯咯。如果撞破那面牆跳進來，應該挺痛快的唄。」

令人害怕的是，赫蘿這麼說一點也不像在開玩笑。

不過，以實際面來說，這麼做並非完全沒有危險。

「照現狀看來，恐怕只能從那裡進來吧。不過……那面玻璃本來就是為了不讓牆壁崩塌，才那麼設計。要是隨隨便便破壞它，狀況恐怕會變得一發不可收拾。」

「唔？」

像惡作劇的孩子般開懷笑著的兩人，這時一同望向了羅倫斯。

「規模如此龐大的建築物，不能全部用石頭建蓋。要是重量一直增加上去，建築物就會被自己的重量壓垮。為了預防這種事情發生，所以有些部位會採用玻璃來減輕重量。喏！妳仔細看一下，那裡不是有好幾根鐵柱子支撐著上面的大樑嗎？要是隨隨便便撞破玻璃，可能會從大樑那裡開始崩塌。」

大聖堂一定會有彩色玻璃畫像。然而羅倫斯在得知這是基於如此實用性的理由時，感到失望極了。

當時他甚至有些感傷地心想：就是神明所在的聖堂，也無法超越世間結構。

「哎，到時候再想辦法就好了。而且……」

赫蘿頓了一下後，一邊露出有些受不了羅倫斯的表情，一邊接續說：

「只要汝夠努力，咱就不需要冒險。」

赫蘿說的一點都沒錯。

羅倫斯像是吃了黃蓮似地滿臉苦澀，讓視線在空中遊走。寇爾輕輕笑說：「羅倫斯先生一定不會有問題的。」但被赫蘿以玩笑話帶過。

「好了，我們差不多該回去了，免得引起納崔副祭司的疑心。」

「嗯。」

「是。」

雖然兩人都給了回應，但羅倫斯有些在意兩人的態度，再度開口問道：

「真的不用靠近一點看嗎？」

寇爾一邊露出有些害怕的神色，一邊說：「真的不用了。」

赫蘿則是有點困擾地說：「無所謂。」

對兩人來說，或許在不同涵義上都覺得「害怕」吧。

而且，就連羅倫斯都感覺到這個頭上長了角的龐然大物，散發出不知為何物、讓人難以靠近的氛圍。

他似乎能夠了解納崔為什麼會找藉口避免進入聖堂的心情。

一角鯨一直都是只存於傳說中的生物。

據說只要生吃牠的肉，就能長生不老，把牠的角熬煮來喝，就能醫治萬病。

這樣的生物確實存在。

而且，雖然不確定是否具有效用，但其存在確實配得上傳說中的描述。

這麼一來，羅倫斯只能下定決心。

既然赫蘿都提起能夠闖進這裡的話題了，事到如今羅倫斯當然不能還想夾著尾巴逃跑。

向納崔道完謝後，羅倫斯看著他忙於關門的背影，忍不住開口這麼說：

「確實是非常符合傳說的存在。相信一定會有很多人會為牠著迷。」

納崔「咚」地一聲把門栓扣上後，邊轉身邊露出畏懼得就要哀號似的表情說：「這是一件很可怕的事情。」

一角鯨被送到這裡來，肯定讓教會很頭痛。

教會人士因為有了神明當靠山，所以是很多人害怕的對象。

不過，這世上確實存在著連神明也不畏懼的人。

以活生生的傳說來交換金錢，這樣的行為就等於把傳說中的一角鯨與多數商品一概而論。

神經粗到能到做出這種行徑的人，恐怕已經不能算是這世上的生物了。

再次來到人山人海的主街後，羅倫斯總算能夠好好地呼吸。

「不過……」

羅倫斯挺起胸膛看向身旁的赫蘿。

她從長袍底下投來了感到驚訝的天真目光。

「我都不怕把妳當成抵押品了。」

赫蘿並非真能夠讀出他人的心聲，所以她應該不知道羅倫斯究竟是想了些什麼，才會說出這句話。

不過，光是聽到這句話，賢狼似乎就馬上掌握住羅倫斯內心有過什麼樣的掙扎。

聽到羅倫斯自白把賢狼當成抵押品，寇爾驚訝地瞪大了眼睛。赫蘿沒有理會寇爾，露出不懷好意的笑容說：

「這樣汝就什麼都不怕了唄？」

人潮之中，赫蘿一邊說話，一邊趁勢貼近羅倫斯。

這時，赫蘿讓自己的手輕輕滑進羅倫斯手中。羅倫斯不禁心想，確實沒有什麼事情比把赫蘿當成抵押品還要可怕。

羅倫斯笑笑後，夾雜著嘆息聲朝向寇爾說：

「真是的，賢狼說的一點也沒錯。」

寇爾不停點著頭。他先看了看赫蘿，又看了看羅倫斯，跟著又點了一次頭。那模樣看起來有趣極了。

這天到了傍晚，在羅倫斯等人用餐時，基曼再次前來敲門。

旅館為三人準備的餐食果然十分豐盛，赫蘿直率地開心享受大餐，寇爾則是不時被食物哽住喉嚨。

不過，基曼會選在晚餐時間前來，就證明他沒有把羅倫斯當成能夠任意操控的木偶。

因為如果想要讓麻煩的對手稍稍掉以輕心，就應該刻意選在對手剛起床的時候，或是用餐時出擊。

「一起用餐好嗎？」

羅倫斯鎮靜地一邊撥去沾在手上的麵包屑，一邊問道。基曼露出笑臉，將雙手舉到與肩同高，婉拒道：「多謝您的好意。」

「方便的話，我想請羅倫斯先生一人到這邊來。」

羅倫斯當然完全沒有要忤逆基曼的意思。

向赫蘿與寇爾使了眼色後，羅倫斯默默地站起身子，與基曼一起來到走廊。

多虧有寇爾在，才不用讓赫蘿獨自用餐——光是這件事，就在羅倫斯心中形成莫大的支持。要是這麼告訴赫蘿，她肯定會受不了羅倫斯的瞎操心。

「那麼，關於那件事情……」

踏進另一間房間後，基曼立刻這麼切入話題。

剛踏進房間時，羅倫斯還以為這裡是倉庫，但後來又覺得可能是基曼獨自沉思的房間。燭光照射下，羅倫斯看見堆疊的木箱以及捆成束狀、看似航海圖的紙張，這些東西上頭都寫著羅倫斯不曾見過的文字。

「我們想請羅倫斯先生為我們傳遞情報。」

基曼用了複數的第一人稱，這是在威脅嗎？還是純粹是事實？

為了不忘自己是個旅行商人，羅倫斯決定站著與對方交涉。

「方便請教原因嗎？」

「那當然。老實說，我們原本不是要委託羅倫斯先生這個任務。」

羅倫斯心想，那是一定的吧。

「當初我們是想找珍商行，您應該認識吧？幫我們傳達意思的候選名單之中，原本就有珍商行的老闆——泰德・雷諾茲。原因是——」

「他想要逃離北方，擺脫榨取他商行利益的巨大結構。」

基曼點點頭，接續說：

「他想要與我們取得聯繫，而我們如果拉攏他，也有銅貿易的利益可圖。所以，他就成了第一候選人。而且，他跟波倫家的關係也不會太差。畢竟他在羅姆河進行進出口交易，所以八成跟那隻狼合作過。」

羅倫斯的腦海裡最先浮現了岩鹽。

珍商行都能夠把貨幣送到溫菲爾王國了，回程時就是運回岩鹽雕像也不稀奇。

這麼一來，對於昨晚雷諾茲滿頭大汗地跑來房間的舉動，就能夠有不同的解讀。雷諾茲自身肯定很頭痛不知道該與哪一方合作，才能夠幫自己帶來最大利益。

雷諾茲一定以為南凱爾貝的基曼等人會主動前來聯絡，沒想到卻等不到人。然後，他思考了原因，很快地就想到有一個更適合的人選出現。雷諾茲絞盡腦汁，打算在南、北凱爾貝的陰謀結合之處，綁上自己的荷包繩。他會在昨晚那種時間慌慌張張前來，而且糗態盡出，說不定一切都是算計好的。

雷諾茲背影所散發出來的哀愁感，或許是表現出他覺得自己這樣很沒出息的心情。

「我們的目的，是利用一角鯨買下所有北凱爾貝的土地所有權。」

「不過，必須避免北凱爾貝利用一角鯨的利益握住凱爾貝的霸權。」

基曼點了點頭。

他腦海裡一定直接畫出了伊弗描述的構造。

不過，羅倫斯並不會因此覺得伊弗很了不起，也不會覺得基曼太沒有創意。

因為在完全無法信任對方的狀況下，如果還想要同坐一桌進行商談，這會是最合理的構圖。

這麼一來，羅倫斯總算明白了伊弗找上他的真正原因。

這場賭局之中，不能挑選一個完全不了解北凱爾貝與南凱爾貝銜接點的人。

中間立場的人必須是個就算背叛其中一方，也不足為奇的人。正因為如此，才能夠形成雙方對等的狀況，也能夠與對手同坐一個賭場。

接下來雙方就得比賽，看哪一方能讓這個仲介者出手協助。

就是這麼回事。

「北凱爾貝地主家族的男子非常執著於波倫家的當家，我們當然要好好利用這點。只要波倫家的當家不背叛我們，不管對她來說，還是對我們來說，都會帶來很好的結果。只是……不知道事態會怎麼演變就是了。」

羅倫斯也知道伊弗擁有複雜的利害關係。

這樣的利害關係會起什麼作用，完全無從得知。

就像鍊金術師的鍋爐一樣。

「情報傳遞員不但能夠變成我方的同伴，視狀況而定，也能夠站在對方那一邊。這樣的人才最適合這個任務。如果不是這樣的人才，羅姆河之狼就會有所戒心，而不願意靠近我們。當然了，照理說，我們還是必須讓事態朝向我們能夠確實贏得勝利的方向進行，所以應該仔細謹慎地計畫一番。只是……很遺憾地，我們這次交易的商品是很容易腐壞的東西。」

一角鯨必須是活的，才有價值。

「具體來說，我要做些什麼事呢？」

基曼咳了一聲。

他閉上了眼睛，或許是在反芻計畫吧。

「如字面上的意思，就是傳遞情報。我們無法相信那隻狼，那隻狼也無法相信我們。不過，我們相信羅倫斯先生您，那隻狼應該也會相信您才對。您只需要把我們的商談傳達給對方就好。我們可能會需要您傳達一角鯨的狀態、價格、交貨方法、交貨時間，或者是幫助對方逃亡的手段等情報，也會需要您把對方的回應帶回來。」

「利益呢？」

基曼露出心滿意足的笑容，薄薄嘴唇底下的虎牙此時似乎特別顯眼。

「我想藉由這次機會，讓羅恩商業公會變成南凱爾貝第一大公會。然後，廢掉老是要觀望情勢，才決定有利策略的迪達行長，換我來當行長。到時候會有多大的利益……」

基曼像是在模仿演員說話似的，刻意停頓了一下。

「就請您自由想像了。」

屆時基曼不需要靠自己的雙腳運貨，再憑自己的口才銷售商品，而是只需要靠他人的口才賣出他人搬運來的商品，然後把賺得的利潤記在帳簿上而已。

基曼將踏入與羅倫斯截然不同的世界。

他將蛻變成既像商人，卻又不像商人的存在。

如果能夠分到基曼不小心掉出來的利益，就等於撿到了天上掉下來的鉅額財富。

「不過，這畢竟只是口頭上的約定。正因為如此，那隻狼才會有拉攏您的機會。」

「我想也是吧。而且，對方應該有辦法提供具有實際性的利益。」

如果能夠瞞過所有人，順利拿到一角鯨，憑前貴族伊弗的能耐，一定能以最好的價碼將一角鯨脫手。

伊弗提供的報酬，搞不好能夠讓羅倫斯在金幣堆成的海裡盡情打滾。

「可能的話，我們並不想透過那隻狼交涉，但如果不這麼做，交涉根本不可能成立。誰叫人類沒那麼堅強呢。」

基曼的發言意義重大。

他早已調查過，知道正在追求伊弗的地主兒子，不是會為了一己之私而背叛家族的人。

不過，如果加上一條「為了伊弗」的理由，那就不一樣了。

人類找到藉口時，會變得堅強無比。

如果牽扯到愛情，矮子打倒巨龍的故事更是不勝枚舉。

「原來如此，我明白了。這樣我總算了解自己的任務是什麼了。」

羅倫斯笑著說道，基曼也莞爾一笑。

私下交易時，笑臉就是締結合約的證據。

在各懷鬼胎、緊張刺激的商人故事裡，每次壓低聲音進行交易後，滿臉鬍鬚的商人們總會在燭光下暗自發笑。

「那真是太好了。只是……」

「只是？」

羅倫斯一問，基曼就露出孩子般的天真笑容說：

「只是，我原本百分之百確信自己已經拉攏了您，怎麼……嗯，您怎麼有辦法重新振作起來呢？」

聽到基曼的發言後，羅倫斯微微低著頭，忍不住笑了出來。

基曼說得沒錯。

在三角洲上的洋行分行時，羅倫斯確實完全掉入基曼的圈套裡。

這個圈套的作工之精緻，就連銀飾工匠看了，也會大吃一驚。

然而，只經過短短的一小段時間，掉入精緻圈套的牽線木偶就還了魂，或許的確讓基曼吃了一驚吧。

不過，基曼不可能不知道原因。

所以，羅倫斯笑而不答。基曼見狀，回答說：「我的問題太無趣了。」

「不管是商人、騎士、國王，還是任何人，如果只是獨自一人，就無法行遍千山萬水。就連聖職者也一樣。」

羅倫斯明白商人、騎士或國王確實是如此，但不明白為何聖職者也一樣。偉大的商人、騎士或國王，總有偉大的妻子或情人在支持他們。

但是，聖職者呢？

「他們有神明的支持。」

羅倫斯忍不住在笑臉底下喃喃自語：

──在赫蘿的支持下，我能夠去到多遠的地方呢？

「總之，我們都是在謊言結成的薄冰上走路的人，就盡力而為吧！」

基曼坐著伸出了手。

「我該走了，我可不能一直在這兒摸魚打混。如果您想要與我聯繫，只要和旅館老闆說一聲就好。還有，我不會無禮地偷聽您們的對話，希望您也一樣。」

「好的。畢竟不幸的事件總是肇於疑心和誤解。」

基曼點了點頭，站起身子。

這次他沒有像在執勤室那樣說走就走，而是與羅倫斯一同走出房間。

「最遲應該會在後天晚上之前安排好一切。」

基曼最後露出壞心眼的笑容，補上一句：「就是拚了命也得安排好。」

「這樣的話，我就算緊張得晚上睡不著覺，應該還撐得到最後一刻吧！」

聽到羅倫斯的回應，基曼笑笑後，隨即邁步離去。

基曼走得相當乾脆，就算這瞬間剛好有人經過，想必也不會認為羅倫斯與基曼彼此認識。

獨自留在走廊上的羅倫斯露出苦笑，嘀咕說：

「他怎麼對失敗時的下場隻字未提啊。」

羅倫斯想起自己在教會城市留賓海根時，也做過類似的事情。

那時他向牧羊女提出只強調利益、跟詐騙沒什麼兩樣的交易。

不過，羅倫斯當時被罪惡感壓得就快喘不過氣來。

反觀基曼卻是露出一副理所當然的模樣。

羅倫斯沒有自信能夠變成基曼那樣，或是學基曼那麼做。

托赫蘿的福，萬一事情真的一發不可收拾時，羅倫斯還有最後的避風港，讓他能從頭再來。

不過，避風港也只是讓人安心的最後堡壘。羅倫斯該做的，是在這次事件之中確實拿到自己的那份利益，而不是平安地完成任務。

面對基曼那樣的對手，真的有辦法將計就計嗎？

羅倫斯知道自己必須這麼做，而且已經走到了這一步，他也想試試看。

他胡亂抓了抓瀏海，然後走了出去。

並在黑暗之中咧嘴露出苦笑。

他突然有種想閱讀傳奇故事的衝動。

第七幕

僅管當時只是打算開個玩笑，但羅倫斯在這天晚上還真的失眠了。

基曼身為核心人物，現在一定忙著事前交涉及擬定計畫；但對於站在被動立場的羅倫斯來說，這何嘗不是一種煎熬。

羅倫斯知道自己沒有那麼優秀。

正因為大部分的商人都是如此，所以羅倫斯總是在尋求新的情報，企圖先發制人。

這次他的立場完全處於被動。

他必須竭盡所能，才能夠搶先對方一步。

羅倫斯能思考策略的時間極為有限，也只掌握到極少的情報。

他甚至不敢保證自己的生命安全。

要不是有赫蘿在，羅倫斯或許早就為了自保而任憑基曼擺佈。

在受盡差遣使喚後，到頭來說不定還會被他們一腳踢開。

羅倫斯露出自嘲的笑容翻過身子。

羅倫斯的床舖靠窗。他稍微抬頭一看，隨即從木窗的縫隙窺見青白色的月光。

伊弗與自己的商才差距之大，讓羅倫斯只能脫帽致敬。面對如此強大的伊弗，基曼正卯足全力與之相抗，而羅倫斯則準備跳進這陣風暴之中。

他再翻了一次身子，然後嘆了口氣。

即使沒有回頭的打算，羅倫斯還是忍不住感到緊張。他越是想入睡，就變得越清醒。

看來，羅倫斯天生不是做這種事情的料。

一方面也覺得口渴，羅倫斯獨自露出苦笑後，走下了床，決定去吹吹夜風。

在夜晚空氣的包圍下，銅製水壺變得像冰塊一樣地冷。羅倫斯一邊拎著像冰塊一樣冷的水壺，一邊走在安靜無聲的旅館裡。

旅館是一棟排列成四方形的建築，圍著一個寬廣的中庭，而中庭裡有著庭園和水井。只要在南方地區旅行，就會發現每個城鎮的建築物構造都一樣。當然了，對於一些特定的商行建築物、或是分佈於某個地區的洋行，還是能夠簡單地加以分辨，但建築物的基本構造幾乎沒什麼差別。這不是因為大家都說好採用一樣的構造，而是因為蓋房子的木匠或石匠們，多是一邊四處巡迴，一邊工作，才會變成這樣。

在還沒前往遠方行商的時候，羅倫斯深信世上所有建築物一定都是他所知悉的樣式。

在終於發現不是這麼回事時，那對他造成的衝擊之大，羅倫斯至今依舊難忘。雖然旅行能夠讓人的視野變寬廣，但也會讓人發現，許多過去被當作常識的知識，其實是非常渺小的事情。反覆幾年這樣的生活後，就會體會到世界是多麼寬廣又複雜，而自己相對地是多麼渺小。也就是所謂人外有人，天外有天。

自己做得到的事情，別人一定也做得到，自己想得到的點子，別人一定也想得到。青白色月光下，水井口向著天空。羅倫斯把吊桶丟進了水井裡。

世上鮮少事情能夠如自己所願，大部分的事情都是依周遭趨勢而定。

羅倫斯為了收集狼骨傳說的情報，與伊弗扯上關係，導至自己深深陷入一角鯨的事件之中。至於事態會演變成這樣的起因，是因為伊弗在雷諾斯主動搭腔，而會去雷諾斯沒有其他原因，正是因為赫蘿。

羅倫斯確實正朝著目的地划著水，但他不是在水池裡游泳，而是在一條大河之中逆流而上。

他拉起吊桶，探頭看向倒映在桶中的皎潔明月。

羅倫斯好久不曾像剛當上旅行商人時那般多愁善感。大概是因為這次的事件結構明明如此巨大，但主角卻不是自己這點讓他很不是滋味。

如果羅倫斯是個史學家，他一定不會把自己設定為主角。

主角還是要基曼或伊弗來當比較合適。

這麼想著的羅倫斯不禁露出苦笑，這時浮在吊桶水面的明月突然變得模糊起來。

他忍不住心想：不會吧？

抬頭一看，發現赫蘿就如他所料，站在他面前。

「很美的夜色唄？」

赫蘿把雙手交叉在背後，露出微笑，那很像是城鎮女孩在晴朗天空下會露出的開心笑容。

羅倫斯也露出了微笑，答道：「是啊。」

「就像月亮時圓時缺一樣，咱的心情也會隨著月亮時好時壞。」

赫蘿用手指戳著吊桶裡的月亮說著，吐出一道細長的白色氣息。

「都怪汝一副像在暗示什麼似的樣子走出房間，害咱忍不住跟了出來。」

「妳是說我表現出一副很想有人跟我說話的樣子？」

赫蘿沒有回答，而是露出心滿意足的笑容。

「……也許是吧。」

看到自己能夠如此坦率地投降，羅倫斯不禁覺得自己有進步。

「不過。」

赫蘿拿起放在水井旁的水壺，一邊用雙手把玩水壺，一邊說：

「咱也有些話想跟汝說。」

「跟我？」

「嗯。」

「妳是要教我抓住人心的秘訣之類的嗎？」

赫蘿聽了發出噗嗤一聲，輕輕笑了出來。

她抱著冰冷的水壺，輕快地在水井邊緣坐下來。

「這不用教了唄。因為咱一直抓住汝的心，所以汝應該已經知道方法了唄？」

「我就姑且回答『確實是這樣沒錯』好了。」

「懂得謹言慎行可是好事吶。」

赫蘿露出尖牙笑了笑，但臉上的笑容就像退潮般慢慢消失。

這匹狼不但感情相當豐富，又難以應付。

面對赫蘿，就像面對總是浪濤洶湧的大海一樣，光是從遠處眺望，看不出哪裡會藏有凹凸不平的礁岩。

退潮時偶爾能窺見真心話，但真心話有時候會藏在很可怕的地方。

因為這樣而差點沉船的次數，多到羅倫斯都快數不清了。想到這裡，他忍不住壞心眼地摸了摸赫蘿冰冷的頭。

「咱啊……」

「嗯？」

「咱很後悔鼓舞了汝。」

羅倫斯也在赫蘿身邊坐下來。

赫蘿像在抱暖爐似的，抱住如冰塊般寒冷的銅製水壺。

「我倒是很感謝妳。拜妳所賜，我才有辦法對抗基曼。」

羅倫斯說的是實話。

然而，赫蘿一副想在話中找出謊言似的晃著耳朵，然後無精打采地點了點頭。

「咱後悔的就是這件事。」

「這件事？不是啊……我當然知道，如果我那時能自力振作，是最好不過的了……」

「咱不是這個意思。」

赫蘿搖了搖頭，並用力吸了口氣。

然後，她直視著羅倫斯開口：

「汝已經這麼聰明了，再來只要能夠看清楚周遭狀況，幾乎所有事情都難不倒汝。可是，每個人都有適合去做，跟不適合去做的事情。雖然咱鼓舞了汝，但咱發現在前方等著汝去做的事情，並不適合汝。咱發現那不是汝渴望的事情。」

城鎮商人們擅於權謀術數，而羅倫斯正準備跳入這些人的爭鬥漩渦。

不過，既然羅倫斯將來想在城鎮擁有自己的店，就一定會目睹這樣的世界，赫蘿根本沒必要在意這種事情。

羅倫斯正打算這麼開口時，赫蘿卻搶先一步說：

「基本上，如果汝真的有想要跟那些傢伙互鬥的氣概，早就把咱好好利用一番了唄？」

如果換成是伊弗或基曼，一定會這麼做。

他們一定一開始就會想依賴赫蘿解決問題。

若從最合理的角度來思考，赫蘿絕對會是最強力的武器。

「咱覺得，汝似乎比較渴望更穩定、更扎實，步調緩慢一些的生活，而且這樣的生活也很適合汝。咱鼓舞汝去面對的世界，卻完全相反。咱說錯了嗎？」

赫蘿說的沒錯。

只要算一算羅倫斯在遇到赫蘿之前做生意賺了多少錢，就能明白赫蘿所言不虛。

雖然羅倫斯老是想要往上爬，但有一部分的他，其實也很喜歡穩定的生意。

羅倫斯回想起當初想要擁有商店的理由。

他不是為了得到全世界，才想要擁有商店。

羅倫斯的理由沒有那麼偉大，他只是為了走進一個名為城鎮的小世界，才會想要擁有商店。

「不過。」

羅倫斯開口說道：

「妳說我不適合做這種事，這話也有點傷人啊。」

赫蘿的耳朵在兜帽底下抽動了一下。

她緩緩抬起頭說：

「汝是真的不適合唄？」

「妳說得這麼直接，害我想生氣都不行。」

羅倫斯苦笑著回應。

不過，當他仰望天空，朝月亮吐了氣後，那股苦笑中的苦澀感，也就化為白煙散去了。

「不過，我不會退出。」

羅倫斯這麼宣言後，低頭一看，便發現赫蘿像是吸了他吐出的苦澀白煙似的，露出了苦悶的表情。

「因為我知道妳會露出這樣的表情。」

「唔……」

羅倫斯輕輕頂了一下赫蘿的額頭後，赫蘿便不再掩飾不安的表情。

從赫蘿的反應來看，不難發現她真的相當後悔鼓舞了羅倫斯。

雖然每次一遇到什麼事情，赫蘿老是說「如果汝是個沒膽量的旅行商人，會讓咱很困擾」，但她還是會為了這種事情擔心羅倫斯。

不過，赫蘿會擔心羅倫斯的理由，似乎不單純只是覺得他不適合做這種事情。

「看妳這麼後悔的樣子，應該是對我抱了什麼很大的期待吧？」

要是羅倫斯自己鑽牛角尖，然後擅自做出結論，赫蘿就會很生氣。但是，她自己也正在做同樣的事。

對付聰明的赫蘿，比起用言語指摘她，保持沉默會更有效。

不久後，赫蘿一副死了心的模樣開口說：

「因為汝會把跟咱的旅行寫成書。」

「咦？」

羅倫斯確實說過這樣的話，但他不明白這兩件事有什麼關聯。

赫蘿有些生氣地瞪著羅倫斯，看得出來她很希望羅倫斯馬上明白她的想法。

然而，赫蘿似乎明白羅倫斯的腦袋沒那麼厲害，只見她一臉不滿地繼續說：

「如果要寫成書，汝就會是主角，不是嗎？既然是主角就要有主角的樣子。因為……因為咱是配角，所以至少希望汝能夠像個主角。」

在獵月熊毀滅赫蘿故鄉的古老傳說裡，赫蘿別說是配角了，她根本就是個局外人。

赫蘿坐在水井邊緣搖晃著雙腳，那模樣看起來像極了小孩子。

不過，想成為世界裡的主角，本來就是個孩子氣的願望。

「只是，這真的是咱的一廂情願。要是因為咱的任性害汝遇到危險，或是像今天這樣，露出很希望人家陪的模樣，在半夜裡來到中庭，咱會很過意不去。」

說著，赫蘿用手按住自己的胸口，一臉痛苦地皺著臉。
羅倫斯輕輕捏住赫蘿的右臉頰，然後鬆手說：
「總之，我知道妳想表達的意思了。只是……」
看見赫蘿一邊揉著臉頰，一邊有些不悅地望著羅倫斯，羅倫斯只能逞強地回答說：
「聽到妳這麼說，我更沒辦法退出了。」
因為赫蘿會這麼說，就表示對羅倫斯有所期待。
既然赫蘿期待羅倫斯像個主角，羅倫斯怎可能不回應她的期待。
「就是因為這樣，所以咱不太想說出來的……」
「妳是怕我會意氣用事？」
羅倫斯笑著反問道，結果側腰被赫蘿打了一拳。
然後，赫蘿投來不像在開玩笑的認真眼神說：
「汝不會不知道辜負了咱的好意，要付出多大的代價唄？」
「……」
這個代價有多大，羅倫斯早已切身體會過了。而赫蘿會這麼說，反過來就是「咱會期待」的意思。
隔了一段時間後，羅倫斯用力地點了點頭。

在做出這個決定時，羅倫斯當然也是抱持著極為認真的心態。

赫蘿隨即投來訝異的目光說：

「汝真的知道嗎？」

「我想我應該知道。」

「真的嗎？」

由於赫蘿囉唆地反覆詢問，羅倫斯總算察覺到一件事情。

希望對方成為故事主角的人物，在故事裡究竟扮演著什麼樣的角色呢？

這個人物只要負責祈禱、擔心，就能等著收成到來，可說相當好命。

而且凡是古今中外的男人，都敵不過這樣的人物。

「當然。」

月光籠罩下，羅倫斯一邊抱住赫蘿溫暖的身軀，一邊再次答道。

赫蘿大力甩著長袍底下的尾巴。

這世界就像一個人人都想當上主角的舞台。

世界不會配合個人而運作。

唯有表現卓越的傢伙，才能登上主角的寶座，而羅倫斯當然也明白這點。

不過，如果受到某人的期待，那就另當別論了。

赫蘿在羅倫斯懷裡動了一下，輕快地站起身。她看起來已經放鬆許多，心中的芥蒂似乎也消失了。

光是能夠看到這樣的赫蘿，羅倫斯就不覺得後悔。

「喏，快點取水回去唄。好冷。」

赫蘿說話的樣子像在掩飾自己的害羞，而羅倫斯也知道自己沒猜錯。

他從赫蘿手中接過水壺，把井水倒進水壺後，用右手拿著。

赫蘿握住羅倫斯的左手，一臉難為情地笑著。

羅倫斯知道，自己或許中了赫蘿的計，但這件事情確實與狼骨有所關聯。

還有，赫蘿強烈渴望得知狼骨的下落，也是不爭的事實。

隔天過了中午，羅倫斯被基曼叫了出去。

走出房間時，讓羅倫斯感到印象深刻的是：一臉擔心的反而是寇爾。

這裡是羅恩商業公會設於凱爾貝的洋行。

在凱爾貝這個連接異教與正教之地的貿易重鎮，這裡是個代表羅恩商業公會利益的機構。

這裡聚集了許多老奸巨猾的商人，還有一個人負責領導這些商人。

羅倫斯想要搶先這些商人一步，可說比登天還難。但現在他接下基曼的命令，正準備搶先其他公會和北凱爾貝的地主們一步。

只要伊弗不背叛，一切就能夠圓滿收場。

基曼等人徹夜議論後，果然也做出這樣的結論。

關於議論結束後的事前交涉，想必也已經完成了。

羅倫斯接到的工作並不是太難的任務。

目的是取得獨行狼——伊弗的信賴，讓事情順利進行。

羅倫斯只需要負責這件事情。

「您真的不用帶同伴一起去？」

「是的，沒關係。」

洋行一大早就一片匆忙，羅倫斯也只能利用基曼出發前的須臾片刻與他交談。

因為基曼除了是洋行行長隨行人員，還得負責與人交涉，所以他穿著漿得筆挺的帶領服裝。

北凱爾貝地主與南凱爾貝望族，總是會在河川對岸的三角洲進行交涉。而基曼把赫蘿與寇爾留在南凱爾貝的旅館，只帶羅倫斯走，這感覺就像是架走人質。

想必基曼就是考慮到這點，才特地這麼詢問。

「那麼，要轉告給波倫卿的事項，就如我剛剛跟您所說。畢竟我方的事前交涉也變得相當複雜，要是您獨自做了什麼決定，小小的洞可是會跑出可怕的怪物來喔。」

基曼直直盯著羅倫斯的眼睛說道，羅倫斯鎮靜地點了點頭。

就算基曼告訴羅倫斯事件的全貌，他一定也無法理解。

因為就算和赫蘿與寇爾相處，缺乏政治才能的羅倫斯也沒展露過半次政治手腕。

基曼肯定無法效法羅倫斯在兩週之間，只靠著乾巴巴的燕麥麵包及雨水越過山路，而羅倫斯也無法像基曼那樣四處奔走。

羅倫斯告訴自己還是乖乖聽基曼的話去做，比較沒有危險。

只有在最後一刻、在雙手觸碰得到的範圍內，能靠自己判斷事情成否的瞬間，才能夠獨自做出決定。

基曼好像還想說些什麼，但敲門聲打斷了他。

代表團打算全員一起出發，而出發時間似乎到了。

「那就拜託您了。」

確實接下基曼的命令後，羅倫斯與走進來的人擦身而過，走出房間。

洋行裡瀰漫著彷彿交戰前似的氣氛，尤其是一樓餐廳的氣氛更是強烈。

不過，己方雖然沒有勝利女神，卻有一角鯨，所以大家都有種勝券在握的自信，心情也顯得特別高昂。

大家似乎都伸長了脖子，想知道哪裡能夠創下最輝煌的戰果。

以事前評價來說，最初押住北凱爾貝的漁船、拿到騷動起因的一角鯨的公會評價最好。

就連會員們都互相低語說：「羅恩商業公會想要拿到交涉主導權很難。」

當然了，大家沒有因為這樣就放棄。那些在餐廳角落打瞌睡，或是趴著睡覺、滿臉鬍渣的商人，一定是在南凱爾貝陣營裡的爭鬥中，早一步打完仗回來的人們。

騎士或傭兵們非常實際，如果東西還沒到手，就不會討論怎麼分配利益。

相對地，商人最喜歡打如意算盤了。對於還沒到手的利益，昨晚肯定展開了一場喧騰的舌戰，或許到現在都還沒結束也說不定。

洋行正面玄關停了好幾輛準備給迪達行長，或基曼等幹部乘坐的馬車。馬車之間可看見打扮得像是乞丐的人們來來往往，在雇用他們的商人耳邊低聲幾句後，又隨即離去。

羅倫斯想起在以木材與皮草聞名的雷諾斯時，伊弗曾經說過的單字。

商戰。

大家處在這種情況，會變得熱血沸騰，並不是因為即將面對鉅額的生意。

而是身為男人，當然會情不自禁地愛上這樣的氣氛。

「各位！」

然後，隨著聲音傳來，原本一片喧嘩的洋行頓時安靜了下來。

大家的目光集中在一名高高瘦瘦的禿頭老人身上，他就是迪達行長。

基曼曾經形容迪達行長是個觀望主義者，但一個站在必須隨時避免混亂狀況發生的立場的人，總會被貼上這樣的稱號。

迪達行長沒有像基曼那樣打扮得像個貴族，而是全身裹著如長袍般的寬鬆衣服，散發著漸入老境的人才具有的存在感。

他深藍色的眼眸彷彿能預測百年後的未來似的，瞪眼環視著四周。

「以守護聖人蘭巴爾多斯之名，賜我公會榮光！」

「賜我公會榮光！」

在商人們的喝采聲中，迪達行長一行人走出了洋行。

基曼沒有看向羅倫斯一眼，只有在走出洋行、坐上馬車之前，與幾個人交談過。

眼前的光景讓羅倫斯不由得伸手按住自己的胸口。

看著這樣的光景，想到自己在可能扭轉這場騷動的計畫當中，負責一小部分任務的事實，羅倫斯不禁感到不可思議。

如果赫蘿在身邊，或許會笑他旅行商人的本性難移。

不，連羅倫斯自己都忍不住笑了出來，所以赫蘿肯定會笑他。

因為渡河限制已經解除，所以在幹部們離開後，一些準備隔山觀虎鬥，或是像羅倫斯一樣收到秘密指示的商人們，也走出了洋行。

羅倫斯混在這些商人後頭，一路朝向羅姆河前進。

在主要街道兩側洋行或商行裡的人，也都走到了外頭，使得路上出現一股異樣的氣氛。

當然了，路上也有人做著平凡的生意，鎮上居民也不是人人皆是商人。

儘管如此，看見這麼多商人競相前往北方，還是會讓人聯想到北方大遠征。

教會的高亢鐘聲正好在這時響起，彷彿在鼓舞士氣似的厚重音色響遍四處。

總是不給客人好臉色看的渡船夫，就只有今天顯得特別沉默，還擺出了低姿態。

岸邊擠滿了看熱鬧的人們，為了避免發生動亂，還站了數名手持長槍或斧頭的士兵。

一名看似懦弱的商人似乎是被氣勢壓倒，他在站上被船隻撞得有些搖晃的棧橋後，開始拍打自己的膝蓋。

沒有人會嘲笑這名商人。

所有人都一直保持著沉默，接二連三地走上三角洲。

那些與生意無緣、前來看熱鬧的人們，個個露出像看見奇觀異景似的目光，想必他們也是真的覺得看見了奇觀異景。

自古以來，人們爭奪土地時，都是以長劍做了斷，所以非常單純易懂。

到了現在，卻變成以羊皮紙上的墨水做了斷。所以，就算被誤會是在施展奇咒異術，也是無可厚非。

對於人們這樣的印象，羅倫斯也有同感。

從交涉舌戰之中，變出金幣；這樣的行為與從魔方陣之中，叫出惡魔的召喚術有什麼不同？無怪乎教會苛責拚命掙錢的商人，誰叫商人的做為就像跟惡魔借了力量一樣，充斥著不可思議的現象呢。

沒有人在前方帶路，一行人只是隨著人潮前進。在三角洲上，即將進行最高金額商品交易的地方，就是黃金之泉，也是一行人的終點站。黃金之泉旁擺著桌子，流動在桌面上的，可能是記載著價值連城的商品的羊皮紙，也可能是權威、是名譽，或是志氣。

像羅倫斯這種基層商人，在途中就被擋住了去路，只有裝扮高雅的幹部商人們才能繼續前進。北凱爾貝的人們也同樣接二連三地來到這裡，坐在排列好的座位上。代表雙方陣營的人物，都是一副習慣用下巴指使人的模樣，讓人聯想到很久很久以前舉行過的賢人會議。

不過，此刻南凱爾貝人們的氣勢明顯壓過對方。南凱爾貝人們無論身上穿的衣服、侍者，還是舉止，一切都散發出金錢和權力的味道。

相對地，北凱爾貝的人們就只散發出威嚴而已。而且，他們還是靠著大聲怒喝，才勉強維持著威嚴。

南凱爾貝的出席者似乎是以座位來安排順序。正中間的位置坐了一名打扮最高雅的老人；而代表羅恩商業公會的迪達行長，則是坐在老人右邊第三個位置。

利益分配的金額應該會依這個座位順序而定，想必北凱爾貝的人們一定也明白。坐在打算擅自瓜分自己財產的人們面前，北凱爾貝的人們會懷著怎麼樣的心情呢？

不過，事情如果照這樣進行下去，羅恩商業公會能夠分到多少利益，仍是個未知數。至少能夠確定的一點是，照這樣下去的話，功勞將歸於迪達行長一人，底下的幹部們想必只能分到極少的利益。

如果能不透過公會，只讓寥寥數人分配利益……光是這麼想，就讓人嘴角忍不住上揚。

因為這次的利益之大，就是如此誘人。

不久後，北凱爾貝的出席者也都紛紛就座，站在他們身後、看似侍者的商人各自在主人耳邊低語。

想必他們是在進行最後作戰會議，但表情依舊顯得嚴肅。

這時，有件事讓羅倫斯吃了一驚。他看見坐在北凱爾貝的正中間席位、打扮最高雅的人物後方，站著一名熟悉的身影。

那人是珍商行的泰德・雷諾茲。

雷諾茲與其他人一樣，戴著前端翹起的高帽子。或許在這一帶，這樣的打扮就是正式的裝扮了吧。

基曼企圖讓北凱爾貝無法東山再起，而雷諾茲原本可能接下擔任橋樑的任務，現在卻站在北凱爾貝那方。這事實教人不得不害怕。

還是說，雷諾茲是接受基曼的提議之後，才決定背叛己方？

不明所以的羅倫斯在遠處望著雷諾茲時，忽然發現雷諾茲好像看向了自己。此時多數商人的目光都集中在雷諾茲身上，他不可能只發現羅倫斯才對。

即便如此，羅倫斯還是覺得與雷諾茲的視線有所交會。羅倫斯可能是因為太緊張，才會變得自我意識過剩吧。

不，羅倫斯是真的很緊張。

現場沒發現伊弗的身影。

依基曼所言，伊弗不會在檯面上出現，事實看來也確是如此。

伊弗是負責檯面下的動作。

想先下手為強、奪得利益的傢伙們，肯定寫了一封封的熱烈情書寄到她那兒，此刻的伊弗想必正為了回信而分身乏術。

羅倫斯轉過身子，走出人牆，準備也帶著花束跑去找伊弗。

過了不久，羅倫斯身後傳來宣告交涉開始的高亢宣誓聲。

因為是南凱爾貝的人所做的宣誓，所以無庸置疑地，在黃金之泉接下來即將展開的交涉，完全只是一種儀式。

不過，儀式是一種向神明祈禱的行為。

坐在桌上的那些人，究竟要向神明祈禱什麼呢？思索著這個問題的羅倫斯不禁感到害怕，而拉高了外套的衣領。

第八幕

能夠通往山頂的路有好幾條，與伊弗取得聯繫的方法也有好幾種。巧合的是，羅倫斯要去的地方，正是不久前赫蘿拉了寇爾進去，然後嘮叨地說了一堆醉話的簡陋旅館。

北凱爾貝的人似乎包下了整間旅館，儘管一樓不見半個客人，旅館老闆卻沒有露出困擾的神情。說不定在今天，三角洲上所有的旅館和酒吧都像這家旅館一樣。

羅倫斯遞出單面有削痕、由很久以前滅亡的王族所發行的銅幣後，老闆隨即把空啤酒杯放在櫃檯上，指了指旅館樓梯說：

「請用，謝謝。」

老闆是要羅倫斯拿著啤酒杯上樓吧。

羅倫斯照著指示上了樓梯，看見兩名商人模樣的男子在二樓走廊底端聊著天。

羅倫斯險些看走了眼，但幸好「看了一眼就不會忘記對方面孔」的旅行商人特技幫了他。其中一名商人雖然貼了假鬍鬚，還在衣服裡塞了棉花之類的東西改變身材，但他無疑是那名幫伊弗把風的男子。

羅倫斯再次看向男子，這時男子也投來銳利的目光。

他的腳步頓了一下，但隨即毫不畏懼地走向男子。

「生意好嗎？」

這時另一名陌生男子向他搭話。陌生男子似乎是在問暗號，所以羅倫斯不慌不忙地把手中的啤酒杯倒過來，然後回答：「生意差到連買酒的錢都沒有。」

對方咧嘴一笑，指向其身旁的房門。

男子粗壯的手指指甲全翹了起來，證明他每天只需做生意，不需幹粗活。

羅倫斯一邊在臉上堆起笑容，一邊敲門。當房內傳出回應時，他便慢慢走了進去。

一走進房間，羅倫斯隨即被嗆人的墨水味道嚇了一跳。而且，還有一股臭味混在墨水味裡，微微刺激著羅倫斯的鼻子，讓他不禁皺起眉頭。

一名看似沉默寡言的老人，在房間的角落燒著蓋印用的蠟，而臭味就是來自燒蠟的味道。

「你知道你來到這個房間，讓我有多失望嗎？」

運動過度和用腦過度都會讓人疲累，但兩種疲累的感覺不一樣。

由於閱讀過量所造成的疲累，這時的伊弗臉上掛著一種特別的表情。她輕輕地笑了笑，在堆滿信件和文件的書桌上用手托著腮。

「打擾妳睡午覺了嗎？」

「是啊。你看我四周堆滿了這麼多夢話。」

羅倫斯站在房間門口，他的腳邊也散落了一地信件紙張。

羅倫斯只是輕輕瞥了腳邊一眼，便看見兩封帶著恐嚇意味的信件、三封舉發北凱爾貝的某人勾結南凱爾貝的某人且真假難辯的信件、三封邀伊弗合作的信件，以及一封詢問伊弗要不要一起逃亡到遙遠國度的信件。

羅倫斯撿起最後一封文情並茂的信件，送到了伊弗面前。

「我以前曾經為了越過這附近的海峽，和一群巡禮者搭同一艘船。結果我運氣有夠差的，居然碰上海盜打劫。」

羅倫斯才在想伊弗怎麼會突然提起這個話題，便看見她用手指捏起那封信，然後俐落地摺起信來。

「那群害怕丟了性命的巡禮者，起先拚命地向神明祈禱，但後來看見好幾名船員被殺死，發現大勢已去的時候，你知道那些傢伙開始做什麼嗎？」

「不知道耶。」

伊弗聽了羅倫斯的回答，便一臉愉快地繼續說：

「最後他們開始向海盜們搖尾乞憐。看到他們那個樣子，我真的覺得人類是非常神奇而堅強的生物。」

有位詩人說過「亡命關頭是最好的迷藥」。

「那時候妳到底在做什麼呢？」

伊弗把摺好的信紙輕輕丟進暖爐。

「那時候我為了確保自己的贖金，忙著翻找那些傢伙的行李。」

伊弗沒有揚起乾燥的嘴唇，只有眼角浮現笑意。

羅倫斯聳了聳肩，從懷裡取出羊皮紙說：

「他們要我把這個交給妳。」

「沒什麼好看的。」

聽到伊弗的回答，原本緩緩攪拌著蠟的老人瞥了羅倫斯一眼。

伊弗朝向老人稍微動了一下手指後，老人便再次讓視線落在溶化的蠟上。

老人是個聾子。

或者對方故意要讓羅倫斯以為老人是聾子，好讓羅倫斯安心地滔滔不絕。

「我只對一件事情感興趣。你到底會不會站在我這邊？」

「正確來說，應該是我最後會不會聽妳的話吧？」

伊弗還是只有眼角浮現笑意，嘴角並沒有上揚。

她沒有回答這個問題，而是將手伸出。

收下羅倫斯的羊皮紙後，伊弗一臉沒什麼大不了的模樣，很乾脆地拆開信件。

「哼……跟我猜的一模一樣，反而讓人覺得不舒服。這簡直就像是你把密會的內容全盤托出一樣。」

「妳別開玩笑了。」

聽羅倫斯露出商談用的笑臉殷勤地回答，伊弗馬上一臉無聊地把羊皮紙擱在桌上。

「那男的坐上桌了啊……」

她喃喃說著，閉上了眼睛。

照這樣子看來，伊弗至少會比其他信件花更長一點的時間，審視羅倫斯送來的羊皮紙。

「你覺得怎樣？」

伊弗閉著眼睛問道。

羅倫斯心想：現在就開始談判還太早了。

「只要伊弗小姐願意爽快地接受，我就能夠順利地完成任務。」

「拿一角鯨從地主家族手中換走土地所有權轉讓書。然後我跟北凱爾貝的背叛者互分一角鯨的利益，你們那邊則是互分多於周遭人們的利益。」

「這可說是萬事圓滿。」

聽到羅倫斯這麼說，伊弗用力地嘆了口氣，開始揉起眼頭。

「不能用自己的眼睛確認別人心裡想什麼，真的很煩啊。」

當交易進行得如此順利時，想必只有過去從未遭到背叛的傢伙，才會完全信任對方。

明明自己也會欺騙別人，到底要握有什麼根據，才能讓人大聲說出「我的交易絕對不會出問題」呢？

「你知道基曼跟誰有關聯嗎？」

伊弗的語氣不像在考驗羅倫斯，純粹是在發問。

「不知道。」

「背地裡運出一角鯨的手段有可能成功嗎？」

「聽說可以用威脅或賄賂的方式買通衛兵。」

「不過，讓沒有實權的兒子簽寫土地所有權的轉讓書，我不確定會不會有實質效力。關於這點，基曼有什麼打算？」

「基曼的意見是，第三代當家已經向鄰近的領主打過招呼，算是成人，而且城鎮的裁判權牽扯到城鎮的議會、教會以及週邊領主。只要擁有能夠主張自己權利的憑證，總會有辦法解決。」

「原來如此。所以，你相信基曼說的話？」

伊弗露出的表情，就像貴族憐憫無知民眾時的表情一樣。只是她從較矮的位置俯瞰羅倫斯。

那口吻聽起來，像是確信基曼設下了陷阱等著她上當一樣。

「雖然我不相信他的話，但我決定遵從他的指示。」

伊弗從羅倫斯身上挪開視線。

「你的答案非常標準，但無法拉近我們之間的距離。」

伊弗不打算接受基曼的提議嗎？

雖然羅倫斯不是打從心底相信基曼的話，但他覺得對伊弗來說，這個提議並不壞。

「對妳來說，這應該是最佳的選擇，不是嗎？」

羅倫斯試著反過來詢問伊弗。

「我不是說過了嗎？我要背叛所有人，然後自己獨占利益。」

「這──」

羅倫斯急忙閉上嘴巴，吞下差點脫口而出的話語。

伊弗一臉開心地笑著。

她的意思應該是要羅倫斯把話說下去。

「妳為什麼要像小孩子一樣任性？」

如果伊弗向基曼提出這個提議，基曼一定會立即爽快地答應。

基曼一定會欣喜若狂。

為什麼伊弗要頑固地懷疑基曼呢？

就算其中有什麼原因，也太奇怪了。

如果伊弗無法打從心底相信這個提議，只要拒絕不就好了？

還是就如伊弗所說，她只要沒看利益全部集中在自己身上，就不會開心？

為什麼伊弗要做出如此孩子氣、不聽道理到令人難以置信的事呢？

「小孩子？沒錯，就是像小孩子一樣。」

伊弗笑笑後，輕輕做了一次深呼吸。

當她吐氣時，意外吹動了許多桌上的物品。

「被暖爐的火燒傷過的小嬰兒，就算看見暖爐裡沒有火，也會害怕，不是嗎？」

「……如果是這樣，那商人除了躲在空無一物的房間裡發抖之外，什麼事都做不了。」

儘管被騙、被燒傷，還是會想要朝利益伸出手，這才是所謂的商人。

而且，伊弗不正是這種商人的化身嗎？

在凱爾貝這個貿易樞紐，在攸關此地支配權的騷動之中，伊弗能夠站在核心位置，不正是最佳的佐證嗎？

羅倫斯帶著半是驚訝、半是忿怒的心情逼近伊弗，卻對上了伊弗迷濛的視線。

「我……也不是一開始就是個商人啊。」

「呃！」

聽到伊弗懦弱的聲音，羅倫斯倒抽一口氣，縮起了身子。

對於羅倫斯這樣的反應，伊弗只瞥了一眼，就一股腦地趴在桌上。

紙張隨之大大地飛起。

似乎是個聾子的老人慌張地站起身子，伊弗趴著看向老人，對他微微一笑。

「靠這種薄薄紙張的往來，還有從嘴巴出來、沒有形式的話語，就會有多到甚至能夠買下人命的金幣掉進荷包裡。你不覺得這樣很蠢嗎？」

伊弗拿起一張紙張，又扔下。

然後，她緩緩把視線移向羅倫斯說：

「你曾經被打從心底相信的對象背叛過嗎？即便如此，你還能夠相信別人嗎？我能夠相信的對象，就只有會背叛別人的自己。」

動物的尖牙是為了攻擊敵人的武器，同時也是保護自己的盾牌。

既然這樣，伊弗會拚命地磨牙，就表示她有必要保護自己。

「你在與我性命相搏時，不是問過我嗎？你問我在賺錢的盡頭，看見了什麼？我不是回答你了嗎？我說因為有所期待……」

伊弗緩緩閉上眼睛，再以同樣的速度張開眼睛。

「我期待有一天可以得到滿足，然後抵達沒有不安和痛苦的世界。」

感到害怕的羅倫斯，不禁往後退了一步。

為了前往沒有不安和痛苦的世界，所以反覆地背叛他人；看見這樣的伊弗，羅倫斯覺得彷彿看見了人類罪惡的根源。

羅倫斯不覺得伊弗是在演戲。

也不覺得是陷阱。

伊弗緩緩挺起身子後，懶洋洋地靠在椅背上。

她若無其事地說：

「好啊，我就接受基曼的提案。你幫我把這句話……」

伊弗停頓了一秒鐘後，露出了狡猾如蛇的笑容說：

「傳給他吧。」

伊弗無疑是個天才。

這樣教人究竟要如何相信她的話語？

該怎麼向基曼報告才好呢？

伊弗的幻術虛虛實實，讓羅倫斯感到一陣噁心，他嚥下這股不適，緩緩挺起背脊。

既然伊弗要求幫她傳話，羅倫斯當然只能這麼回答：

「……我明白了。」

羅倫斯恭敬地行了一個禮，轉過身子。

有那麼一瞬間，羅倫斯眼中的伊弗就像有好幾根觸角，時而會吞下船隻，讓人們身陷惡夢之中的海上紅惡魔一樣。
伊弗肯定真的不相信任何人。
就算伊弗會背叛所有人，為了自己的利益而奔走，也不足為奇。
然而，如果不在關鍵時刻相信某人，讓交易成立，就得不到利益。
伊弗最後究竟打算相信誰呢？
當這場交易結束時，又會是誰被騙呢？
羅倫斯伸手準備開門。
伊弗的話語緊跟著丟來：
「欸，要不要跟我合作啊？」
伊弗面無表情地凝視著羅倫斯。
她像是在騙人，也像是在說真心話。
「妳是說，就當作被騙，先跟妳合作看看再說？」
「是啊，沒錯。」
「可是，我不想讓自己覺得上了當。」
聽到羅倫斯的回答後，伊弗笑著說：「說得也是。」
不過，對於伊弗接著說出的話語，羅倫斯沒有回答。

「欸，你有同伴等著你回去，不是嗎？但我卻——」

羅倫斯沒有回答。

他知道要是回答了，就會被她逮住。

世上確實存在以歌聲蠱惑人類的人魚。

羅倫斯快步走出走廊，走下樓梯來到一樓。

一路上，羅倫斯覺得伊弗的視線好似一直釘在他的背上。

羅倫斯必須透過第三人與基曼聯絡。

他被指定前往與黃金之泉隔了兩條馬路、攤販雜亂排列的小巷子。俗話說，要藏木頭，就藏在森林裡。

不過，除了純粹因為難以直接與基曼見面，所以必須透過第三人以信件取得聯絡之外，應該還有另一個原因。

基曼嚴格命令羅倫斯，他只要傳達伊弗要說的話就好。這想必是為了防止羅倫斯被伊弗的話術矇騙，而擅自加上一些奇怪的情報呈報給基曼。

羅倫斯覺得基曼這樣的措施很正確，同時也能藉此幫上自己。

羅倫斯根本無法正確地表達剛才的互動。

他不知道哪些部分是真實，哪些部分是謊言。

羅倫斯感覺自己就快無法相信別人了。

「老大說他了解了。」

一名看起來非常適合當跑腿、身材矮小的駝背男子從羅倫斯手中接過傳言，並帶來了基曼的回覆。

「我該怎麼做呢？」

「會議再一下子就會進入休息時間。老大應該會在那之後給指示。」

「我明白了。」

「那麼，請在約好的地方等待回覆。」

男子似乎還得前往其他地方接收情報，他話一說完，便匆匆忙忙地離去了。

雖然這樣的行事風格非常謹慎，但能夠帶來多大功效就不得而知了。

雖說三角洲是商人匯集之地，就算有陌生人在街上亂晃也不會太顯眼，但那也是指正常時的情況。

此時此刻，不論是遊手好閒地在街上遊走的商人，或是看似在等人、站在攤販屋簷下張望著街上狀況的商人，都顯得再可疑不過了。

這就是所謂的「疑神疑鬼」吧。

這時赫蘿如果在身邊，或許能夠感到安心，但若是習慣了這樣的狀況，萬一以後赫蘿不在了，那就太可怕了。羅倫斯露出苦笑，朝著被指定接收回覆的酒吧走去。

「客倌！沒椅子可以坐了，可以嗎？」

三角洲上的酒吧本來就沒有幾間，現在幾乎所有酒吧都被人包下來，再加上今天的人潮又特別多——

所以羅倫斯還沒進酒吧，就已經聽到店家這麼招呼了。

當然了，羅倫斯在走進酒吧前，早就看見酒吧裡擠滿了客人。既然生意好成這樣，店家為了不讓酒桶見底，一定會在酒桶裡摻水，所以羅倫斯點了比較烈的葡萄酒。

雖然羅倫斯只能站在酒吧角落、倚著牆壁喝酒，但這樣反而比較容易將店內狀況盡收眼底。就算沒有參加會議，想要知道會議上發生什麼事情並不難，而且這次的會議本來就不重要。

從接過葡萄酒，到喝了三口濃度恰好的葡萄酒這段時間，羅倫斯就幾乎完全掌握住會議的概況了。

北凱爾貝譴責南凱爾貝的商行押住他們的漁船，而南凱爾貝的商行則反駁，是漁船上的漁夫們自願這麼做。

雙方的議論就像兩條平行線，根本沒有交集。

據在酒吧裡高聲談論八卦的商人們所言，到了晚上北凱爾貝應該會讓步，放棄要回一角鯨，但相對地會要求南凱爾貝把與一角鯨價值同等的銷售利益分給他們。

羅倫斯也贊成這樣的提案。

倘若南凱爾貝的長老們想要打垮北凱爾貝，只要把一角鯨賣給某個領主，藉以取得取得武力與權威，再威脅北凱爾貝的地主們就好。南凱爾貝的長老們之所以沒有這麼做，是因為他們希望事情能和平地解決。只要還能繼續握住北凱爾貝的韁繩，南凱爾貝很願意分一些甜頭給對方，而北凱爾貝肯定也覺得這樣沒什麼不好。北凱爾貝之所以會抵抗，是為了保持自己的權威，以及單純為了交涉擴建三角洲時的利益。

而且，想必連這件事情也不會在會議上決定，而是在檯面下談判後決定。

不過，這場交涉應該會在與羅倫斯無關的地方進行。可笑的是掌握到交涉內容的，居然就是這場鬧劇的主角們。

伊弗與基曼，這兩個人在凱爾貝擁有驚人的力量。而羅倫斯因為處在這兩人中間，居然有股這裡就是一角鯨一連串騷動的中心位置，而自己也位於核心的錯覺。事實上就連伊弗與基曼，也不過都是條支流罷了。

想到自己在這條支流擔任情報仲介，羅倫斯除了苦笑別無他法。對上伊弗，羅倫斯從一開始就一直處於被玩弄的一方。

就是借助了酒精，讓心情平靜下來的現在，羅倫斯也無法冷靜地回想與伊弗最後的互動。

他越來越明白，與商品和貨款有關的各種交涉，是多麼單純的勝負行為。

如果每天都在這種圈子裡打滾，就會生出像伊弗那樣可怕的怪物來。

因為居住的世界差異太大，羅倫斯對伊弗的那股不甘心和崇拜，似乎也越來越沒有真實感。

幸好赫蘿不在身邊——想到這裡，羅倫斯果然還是只能苦笑。

「老闆——」

就在羅倫斯一邊沉思，一邊喝酒時，有人向他搭了話。

如果記不得曾經聽過一次的聲音和看過一次的面孔，就不夠格當個旅行商人。

不過，就算沒有這般本領，基曼跑腿的長相還是讓人印象深刻。

「您來得真快。」

「是啊，這是當然的。因為老大總是得決斷如流。」

跑腿男子皺著佈滿皺紋的臉，一副感到驕傲的模樣笑了笑。

在雙手可及的範圍內，隨著情報收集越多，準確度就越高的消息是最重要的。

旅行商人就是負責處理這類消息。而基曼所負責處理的，是船隻必須花上好幾個月才能夠抵達的異地商品。當鞭長莫及時，就算收集到了情報，也無法保證這些情報一定正確，而且有時甚至得不到半點情報。這時若要必須針對那些價值連城的商品買賣做出判斷，白然需要相當強的決斷力。

在做出判斷後，還得具備足夠的膽量，在商品實際送達之前都必須沉住氣。

或許就是擁有這樣的決斷力及膽量，基曼才能夠想出以一角鯨交換土地權狀，讓城鎮勢力徹底逆轉的宏偉計畫，並且還能大膽地執行。

也難怪跑腿男子會露出引以為傲的笑容。

「請轉交這個。」

男子話還沒說完，紙片已滑入羅倫斯空著的手裡。

那感覺就像羅倫斯手上本來就拿著紙片似的。

就連收到紙片的本人都這麼覺得了，就是在旁邊看，也得聚精會神，才能發現男子塞了紙張給羅倫斯。

「……我確實收到了。」

聽到羅倫斯的回答，跑腿男子點了一次頭後，與出現時一樣迅速地離去。

羅倫斯收到的信件甚至沒有封死。

不知道基曼是相信他不會偷看信件，還是覺得被偷看也無所謂。

無論答案是什麼，他都沒有偷看信件。

如果看了信件，就會被情報抓住，伊弗也就會用這點籠絡羅倫斯。就算是銳利的貓爪，也勾不住表面光滑的圓石。如果什麼都不知道，就不需要做出判斷，如果不需要做出判斷，就不會被人利用。

在對方的情報量遠多於自己的現狀下，羅倫斯確實該以這樣的方式來保護自己。他告訴自己必須沉住氣，在事態發展來到自己伸手可及的範圍之前，絕對不能露出內心的想法。

提醒自己要表現得自然，本來就是一件矛盾的事情。

即便如此，商人還是得不分好壞一概容納，分毫不差地操控自己的喜怒哀樂。

羅倫斯這麼告訴自己。就像小時候一邊告訴自己世上根本沒有惡魔，一邊在深夜的森林裡小便的時候一樣。

羅倫斯依循原路把信件送到伊弗手邊，收下回覆。伊弗這次沒有答腔，只是投來惹人憐憫的眼神。

既然羅倫斯都能裝得十分自然，伊弗當然也做得到，所以羅倫斯看不出伊弗的表情到底是真是假。

不過，伊弗的瀏海貼在額頭上，臉上也浮現了幾條細小皺紋，看起來確實是一副很疲憊的模樣，而散落在書桌上的信件數量似乎也增加了。

離開伊弗的房間時，伊弗獨自坐在書桌前重新處理無數文件的身影，一直在羅倫斯腦海揮之不去。

羅倫斯有赫蘿在等他。

這不僅單純代表赫蘿是支撐他的力量，更代表這個計畫萬一得重頭來過時，赫蘿是能讓一切回到白紙狀態的王牌。

然而，伊弗沒有同伴，她必須獨自一人面對這場戰鬥。伊弗確實身處危險之中，萬一被人發現她與基曼接觸，北凱爾貝的地主們不知會怎麼報復伊弗。想到這裡，儘管事不關己，羅倫斯的心情還是黯然了下來。

雖然羅倫斯強烈警惕著自己，但就快要心軟了。

「怎麼了？」

從跑腿男子手中收下基曼的回覆時，連跑腿男子都忍不住這麼問他。

「沒事。」

羅倫斯搖搖頭回答，而跑腿男子也就沒再追問下去。

羅倫斯撥開人群前往伊弗所在的途中，發現自己的步伐在不知不覺中居然變成了小跑步。

他發現自己心急了起來。

羅倫斯明明只是收送紙張，而且也沒有人期待他做出收送之外的事情。儘管這麼告訴自己，羅倫斯還是忍不住越來越緊張。

羅倫斯告訴自己不能找藉口。

因為他在運送的東西，是能夠輕易左右人命及命運的物品。

「請在這邊稍等一下。」

就在第四次送信的時候。

羅倫斯送來信件時，先前只負責確認暗號的把風男子，從羅倫斯手中收下信件，卻沒讓羅倫斯進入房間。

就算是再嚴厲的拷問，如果以同樣的間隔給予相同的刑求，痛苦也會逐漸減輕。但是，這突然的變化讓羅倫斯變得更加緊張。

把風男子當然不可能向羅倫斯說明。在把信件拿給房間裡的伊弗後，男子就一直靜靜待著。

兩名把風男子沒有交談，眼神也沒有交會過。

只有時間一點一滴地過去，屋外傳來的城鎮喧嘩聲，反而突顯了現場的沉默。

羅倫斯發現伊弗回覆的速度逐漸變慢，或許信件內容終於開始接近核心了。

伊弗一定是再三思考後才下筆。

在沒有答案可以參考，甚至沒有人知道正確答案的情況下，想要解決攸關自身命運的難題絕不是一件容易的事。羅倫斯想起自己在昏暗的森林裡遭到山賊襲擊，遇上雙岔路時的那段際遇。

其中有一條路是通往山的深處，最後會碰上死路。當時羅倫斯沒有選擇的時間，也沒有能夠尋求建議的對象，前進是他唯一的選擇。

伊弗一定覺得自己手上的筆像鉛塊一樣沉重。

然後，羅倫斯看見房門總算打開，看似聾子的老人拿著信件走出房間。

老人認出羅倫斯後，緩緩遞出信件。

羅倫斯收下信件，發現信件有些皺巴巴的，還附著了一些汗水。

從中不難看出伊弗的痛苦。

羅倫斯把這封信件交給跑腿男子，然後收下基曼的回覆時——

「老大很著急。」

跑腿男子這麼說。

「他說河水的流速變快了，我們也要配合流速划船才行。」

基曼手上的任務，當然不只有與伊弗的交易而已。

他與其他幾十名商人們密謀，在名為計畫的巨大河流之中，順著河流掌舵前進。

做生意的基本原則，就是情報傳遞得越快越好。

事已至此，但羅倫斯收到的信件還是沒有上封，或許基曼連等待蠟凝固的時間都嫌浪費。

羅倫斯點點頭，隨即跑向伊弗所在之處。

然而，這次果然又是把風男子把信件送進房間，羅倫斯無法見到伊弗的身影。

在這樣的狀況下，就是想要催促伊弗，也催促不了。

不，就算催促了，也不見得能夠早一步得到回覆。

伊弗不是笨蛋，她一定已經察覺到整個局勢的變化，也明白若沒跟上事態發展，就是有再好的策略，也會對自己不利。

而且，既然事態變化快得連基曼都感到著急，送到伊弗手邊的其他信件量一定也會隨之增加才對。

雖說這個策略有可能扭轉一切，但以伊弗的立場重要性來說，她不可能一直拘泥於這個策略。應該說，她必須把秘密交易巧妙地藏在一般交易之中。

伊弗應該也相當拚命才對。

羅倫斯故作平靜地在走廊等待的期間，一直反覆如此告訴自己。

商人為了自己的利益，願意花上兩、三天一直等待天平達到平衡。

然而，有時候也會因為一直等待，而錯過勝利的機會。

從總算走出房間的老人手中收下信件後，羅倫斯也沒好好答謝，便離開了旅館。

羅倫斯越來越不明白自己站在哪一邊。

他不知道自己這麼急著奔跑是為了讓基曼順利進行計畫，還是想要替伊弗多爭取一些思考時間，或者只是因為自己受到了這般氣氛的感染。

跑腿男子的表情變得越來越嚴肅，額頭上的汗珠也變得明顯。

在等待跑腿男子帶來回覆的短暫時間，羅倫斯也從路上的商人和酒吧裡的商人口中，得知會議有了動靜。

會議似乎比想像中更快做出結論。

萬一做出了結論，基曼企劃的這齣逆轉劇就會化為泡影。

未來很難再遇到比這次更好的機會。

在跑腿男子近乎威嚇的提醒下，羅倫斯催促了把風的男子好幾次。

即便如此，伊弗回覆的速度還是越來越慢，羅倫斯隱約看見的字跡也越來越潦草。

在這場讓胃部慢慢地越絞越緊的互動之中，他已經不知道自己去了幾趟伊弗所在的旅館、收送了多少次信件。

在某次羅倫斯準備遞出信件的瞬間，突然感覺到不對勁，於是停下了手。

「？」

把風的男子一臉訝異地凝視羅倫斯。

羅倫斯像彈起身子似的用力抬頭。他望著男子，急忙陪上笑臉。

他感到心臟越跳越快。

——不會吧？

某個想法在羅倫斯的腦海不停翻騰。

把風的男子接過信件後，拿著信件走向伊弗的房間。

羅倫斯像是把這句話吞進喉嚨深處似的，壓低音量說道。

「……不會吧？」

為什麼伊弗會答覆得這麼慢呢？

基曼不僅要參加會議，想必還要處理比伊弗更多的事情，這樣的他都能夠立刻做出決斷、立刻給予答覆。

基曼與伊弗的差異不能用「個性不同」來解釋。

伊弗是個為了成就事情，會毫不猶豫地掏出利刃的商人。

她不是那種拖拖拉拉，會優柔寡斷地抱頭苦惱的人。

或許，伊弗比基曼更加忙碌？想到這裡，羅倫斯覺得不太對勁。

羅倫斯走進伊弗的房間時，看見房間裡散落著大量的信件。

隨著拜訪伊弗的次數增加，信件數量也越來越多，光是要看完那些信件，就是一件很累人的事情。

然而，羅倫斯疏忽了一件重大的事情。

而且是一件非常根本的事情。

羅倫斯來這裡送信送了好幾次，而最近幾次都等上了很長一段時間。

羅倫斯在等待的時候有看到嗎？

看到其他人把其他信件送來這個房間了嗎？

這次羅倫斯也是等了一會兒，才總算盼到回函。

羅倫斯的心境有如雨過天晴，他總算能夠用平靜的目光打量四周。老人打開房門的瞬間，羅倫斯隱約看見好幾封信件散在房間裡面。

不過，只要照常理來思考就好。

看完信件，有必要隨地亂丟嗎？

她應該是有什麼目的，才會刻意這麼做吧？

羅倫斯把伊弗的信件收進懷裡，快步離開旅館。

從前提來看，這場交易本來就有許多費解之處。

最令人難以理解的，就是伊弗像任性的小孩子一樣。她說如果不能獨占利益，就不願配合。

即便如此，與伊弗交談的內容以及交談時的氣氛，還是讓羅倫斯接受了伊弗的任性。

伊弗原本不是個商人，也不是在覺悟到理所當然會遭人背叛之下，才跳進商人世界，不難想像她是嘗盡了辛酸，才爬上了今日的地位。

這麼一來，若是為了追尋沒有痛苦的世界，而讓伊弗選擇走上不斷背叛他人的惡魔之道，並不足為奇。

然而，這樣的事實只能說是不足為奇，不能說是必然。因為自己很痛苦，所以才選擇走上傷害他人之路，這樣的說法不過是一種藉口。

如果說，這一切全都是伊弗的自導自演呢？

羅倫斯動腦思考後，感到全身的血液瞬間消退。

有些生意必須花時間等待才會有利可圖，但有些生意必須迅速採取行動，才會有利可圖。

這次的這筆交易應該歸類於後者。

如果會議做出了結論，就無法採取一舉逆轉的策略。

如果伊弗不是為了自身利益，而是為了某人的利益而行動，就能明白出她在交易進行之中，為何會回覆得拖拖拉拉。

伊弗是為了爭取時間。

或許能力上會有所差別，但無論在哪一個城鎮，都會有像基曼那樣的傢伙。這些人總是虎視眈眈，只要一逮到機會，就會想要贏過周遭的人。

而走過漫長歲月、狡猾至極的長老們看到這些小伙子，豈有不會想起自己的年輕歲月之理。

伊弗會不會受託阻止基曼等人的為所欲為？

如果長老們沒有阻止基曼等人，這場騷動將可能演變成世代間的鬥爭；所以長老們利用伊弗巧妙地讓矛頭轉向。他們什麼也不做，打算以拖到時間結束的方式，解決這場世代之間的鬥爭。

只要這麼推測，就能夠解釋一切。

散落一地、顯得不自然的大量信件。

而且，明明有那麼多信件，卻沒看過其他人送來信件一次。

還有，伊弗應該是個不畏懼任何難題的高明商人。

羅倫斯把信件交給跑腿男子。

他抓住急著把信件送到主人手中的男子肩膀，開口說道：

「請傳話給基曼先生。」

跑腿男子皺起了眉頭。

即便如此，羅倫斯還是不在意地接續說：

「狼可能是圈套。」

只要這麼一句話，憑基曼的智慧，一定能夠立刻理解。

以最壞的狀況來說，迪達行長甚至可能打算設下陷阱，趁機除掉基曼這個眼中釘，好讓他失去地位。畢竟基曼就是生活在捨棄羅倫斯這顆棋子也不會受到良心譴責的世界，而在這世界站在頂端的人們，就是企圖以合法的方式，讓優秀又礙眼的屬下失去地位，也不足為奇。

況且，如果真的發展到這一步，首當其衝的被害者就是羅倫斯。屆時不管有沒有借助於赫蘿的力量，羅倫斯都將失去生存之處。

然而，跑腿男子聽到羅倫斯拚了命的說明後，只是露出為難的表情，一言不發地跑了出去。

想必跑腿男子除了信件之外，不被允許接受羅倫斯的任何情報，而這是為了避免羅倫斯擅自做出判斷而引來危險。

即便如此，現在的事態還是要分秒必爭。

萬一伊弗打算陷害己方，那應該早點退出比較好，只要還站在陷阱外面，都還來得及回頭。等到陷阱關了起來，就後悔莫及了。

羅倫斯在酒吧焦急地等著回覆。

由於基曼的回覆總是比伊弗快上許多，這還是羅倫斯第一次覺得這段等待的時光如此漫長。

事實上他也明白，這只是他的心理作用。

當跑腿男子終於出現時，羅倫斯不禁有股鬆了口氣的感覺。

他心急地等待跑腿男子給答覆。

但跑腿男子跟先前一樣，只帶來了信件。

「他說什麼？」

羅倫斯忍不住這麼詢問，但跑腿男子卻搖頭說道：

「請傳送這封信。」

「什麼!?」

羅倫斯聽了一時語塞，好不容易才找到話接下去。

「您沒有告訴他嗎？」

羅倫斯抓住男子兩邊肩膀問道，但男子卻別開視線，閉上了嘴巴。

男子根本沒有告訴基曼。

羅倫斯還來不及生氣，一陣焦急感先湧上了心頭。

「我說的話不是沒憑沒據。我當然明白您受過嚴厲的告誡，但是，除非是萬能之神，否則根本沒有人能正確地描繪出沒去過的城鎮模樣。所謂百聞不如一見是千真萬確的事實。現在還來得及。請趕快告訴——」

「夠了！」

外表看起來很適合當跑腿的男子，以低沉穩重的聲音悶吼。

羅倫斯會忍不住從男子的兩邊肩膀鬆開手，是因為男子的聲音根本不像個一路規規矩矩走來的正常人。

「區區一個旅行商人少自以為是了。老大他什麼都知道。」

男子說出每個單字，發音都帶著鮮血泥濘的味道。

像基曼那樣的人物會收買有流氓背景的人，並不足為奇。

「不管是你，還是我，都只要照老大的吩咐去做就好。」

這就是旅行商人從未經驗過的忠誠心。

因為這愚蠢的忠誠心，不知道有多少騎士或傭兵白白丟掉了性命。

商人理應是少數能夠以理性迴避這種問題的人種。

羅倫斯沒有退縮，他再度開口反駁：

「每個人都有犯錯的時候。有些事情如果不在現場，是沒辦法知道的。屬下的職務就是應該修正上司的錯誤，不是嗎？」

男子聽了皺起眉頭，低下了頭。

這名想必對基曼宣誓效忠的男子，如果知道自己的忠誠心反而勒住了主人的脖子，一定會很懊惱。

羅倫斯現在只能夠想辦法說服男子，他也相信說服得了男子。

羅倫斯還想趁勢追擊，男子卻抬起頭發出「呸」的一聲說：

「你別忘了，旅行商人。我們不過是手下。手下只有手腳沒有頭腦，所以不需要思考事情。你懂了吧……！」

男子壓低聲音的粗魯語氣，帶著在暗處恐嚇他人者特有的魄力和陰沉感。

然而，羅倫斯並非是因為那股魄力才倒抽了口氣。

他感到害怕的是男子所說的話語本身。

「懂了的話，就請送信。我是從老大那裡接到了命令。還有，你應該也一樣才對。」

男子說罷，拍了拍發愣的羅倫斯肩膀後，臉上像是寫著「真是浪費時間」般跑了出去。

沒有人對羅倫斯與男子的短暫互動感興趣，事實上這場互動也確實只是小事一樁。

羅倫斯是基曼的手下。

既然事實如此，就不需要動腦思考。

羅倫斯早就知道這樣的道理，也明白在良機到來前，自己必須忍耐。

只是，對一路獨力行商至今，並為此感到自負的羅倫斯來說，這是一件可怕的事實。

雖然羅倫斯理解自己是個渺小的存在，但不認為自己只是一個齒輪。

就算渺小，羅倫斯也是一個擁有自我名字、能夠自我思考，還可以自己行動的商人。

當他知道自己被否定的程度比想像中更深時，隨即有一股強烈的痛楚直上心頭。

羅倫斯深刻體會到自己在複雜的構造中，只是一個小零件。

這股衝擊像是頭部被人揍了一拳。

這令羅倫斯內心深處的怒火熊熊燃起，一股想要大聲喊叫的衝動隨之湧上。然而——

就在這個瞬間，羅倫斯忽然理解了。

他明白了伊弗為什麼反覆做出孩子氣的任性行為，在面對如此重大的事態時，還說出什麼一定要獨得最大利益之類的話語。

伊弗不是為了爭取時間，也不是有什麼企圖。
羅倫斯打從心底如此確信。
如果這是伊弗設下的陷阱，他也只能夠舉高雙手投降。
羅倫斯的依據不是理性，而是感性。
不知為何，這次羅倫斯來到伊弗的房門時，他順利地進了房間，也看到了伊弗本人。
人心無法用肉眼確認。
不過，既然能從行動推敲出對方腦裡描繪著什麼樣的畫面，那從表情也看得出來。
伊弗在桌上用手托著腮。她臉上綻放的天真笑容，甚至散發出一股爽朗的氣息。
「你的表情很不錯嘛。」
住在羅姆河流域的狼不會用笑臉來表達笑意。
羅倫斯一邊從懷裡拿出信件，一邊說：
「妳真的打算獨占一角鯨的利益啊？」

伊弗收起臉上的笑容，眼角微微彎曲。
那表情看起來也像是在皺眉頭。

不過，對於嘲笑一切的狼來說，那是最適合她的笑臉。

住處被人用錢買走，還不斷遭到命運捉弄；儘管在這樣的狀況下，仍然為了在充滿鹽酸和硫黃的海洋裡游泳，而利用了各種力量；但每利用他人一次，自己就被利用得更多。想必這就是伊弗的際遇。

人們之所以會試圖理解伊弗，是因為她是波倫家的當家，還是因為她是個美女呢？

不管是前者或後者，可以肯定的是，幾乎沒有人會親切地呼喊她的名字。

伊弗之所以不使用本名──芙洛兒．波倫，說不定就是基於這樣的理由。

既然周遭的人一開始就把伊弗當成工具看待，她當然會做一張專用的假面具來保護自己。

羅倫斯的推論或許有些感傷過頭，但與事實應該相差不遠。

伊弗讀過從羅倫斯手中收下的信件後，緩緩閉上眼睛。

然後，她輕笑說：

「你還真不適合當個商人。」

「或許妳也不適合當隻狼。」

省略了話語與前提的互動，或許就像是神明與聖職者的對話吧。

伊弗把視線移向暖爐後，瞇起眼睛開口說：

「我自認以利用他人的方式一路活到現在，但這種逃避現實的生活已經快撐不下去了。」

說罷，伊弗指了指自己的左邊嘴角。她那動作之所以有些像在開玩笑，或許是因為如果不當成玩笑話來說，就會說不出口。

「這場騷動發生之後，他們就立刻沒收了我幾乎砸下所有財產買下的皮草。我一答應接受這個危險的委託，他們就把和我一起離開雷諾斯的阿洛德抓走了。在這樣的狀況下，我已經無力再當隻高傲的狼了。」

北凱爾貝很明顯地在交涉上陷入苦戰。

被逼得走投無路的人們，會以更嚴厲的手段逼迫立場更薄弱的人們，要這些可憐人想辦法解決問題。

羅倫斯在心中喃喃說：「這是很可能發生的事。」

那些人或許也是用這樣的方式利用伊弗至今。

不過，那些人這次打錯了算盤。他們沒有算到伊弗的忍耐已經到了極限。

「我的名字不管在什麼時候都是很方便的工具。只有我爺爺和少數幾個怪人會好好叫我的名字。其中還活著的，只剩下阿洛德而已。」

羅倫斯根本想像不出成為他人的手下或工具，只靠著利用價值受到他人評價的人生，會是什麼樣的人生。

即便如此，他還是覺得人類雖然看似複雜，其實意外地單純。

只要對方留下幾處痕跡，就算這個人走過的人生令人難以想像，也能夠知道這個人最後爬上了哪一座山丘。

羅倫斯緩緩開口說：

「原來妳很希望別人好好地叫妳的名字啊。」

而且是在四周被敵人包圍、孤立且得不到支援的山丘上……

「聽到人家把話說得這麼白，果然還是會覺得難為情。沒有啊，你別生氣啦。其實我真的很高興。我們都曾經拿柴刀和小刀互砍過，事到如今沒什麼好客氣了吧。我一直以為要騙你上鉤，再好好利用你不是件什麼難事。畢竟你是個爛好人嘛。可是……」

雖然伊弗滔滔不絕說出的話語中，有好幾個地方讓人非常在意。對商人而言，嘴巴除了用來賺錢之外，還要避免禍從口出。

伊弗會這麼隨隨便便地丟出讓人在意的話語，就表示她不是以商人的身分在說話。

「可是，我不忍心一直把你矇在鼓裡。當然了，就算你不相信我也無所謂……」

羅倫斯不知道應該怎麼回答。

因為不管怎麼回答，都可能傷害伊弗。

「這次啊，會是我最後一次處理事情，我決定要離開這個腐敗到極點的地區。所以，既然是最後一次，當然要……你知道的。」

伊弗露出殺傷力十足的笑容。

雖然羅倫斯覺得那笑臉美極了，但必須把這樣的想法永遠深藏心底。

「既然是最後一次，當然要讓他們好好叫出妳的名字，是嗎？」

伊弗緩緩揚起兩邊嘴角。

那模樣就像沒有臉頰的狼一樣。

在咧嘴露出狼牙後，伊弗有些悲壯地笑著說：

「沒錯。我要在最佳時機，用最棒的手段背叛他們，讓那些傢伙叫出我的名字。」

此時的伊弗就像個準備赴死的騎士。羅倫斯只能抱著為她送行的心情，繼續把話說下去：

「就算他們懷著憎恨，怒吼著伊弗．波倫也一樣。」

「完全正確。」

在這瞬間，伊弗恢復了羅倫斯熟悉的表情。

「那麼，我想詢問叫了我名字的旅行商人——克拉福．羅倫斯一個問題。」

國王只會在王宮裡與少數人交談，並且只靠著這群少數人的決定，做出左右國家的決策。國王之所以這麼做，並不是因為這群人是神明選出來的人選。

原因只有一個。因為他們也同樣是人，而國王只信得過與自己親近的人。

伊弗第一次遇見寇爾時，曾對寇爾說過「人緣好或許算是一種天命」。

她的那句話，一定就是這個意思——

「你要不要跟我一起背叛他們？」

伊弗左邊嘴角有著瘀傷，看似疼痛的臉上，浮現了十分適合用狼來形容的表情。

第九幕

羅倫斯把伊弗託付的信件交給跑腿男子後，就一直在酒吧裡等待。基曼這次回覆的速度特別地慢。

酒吧裡的商人越來越少，店內也不再顯得那麼生氣勃勃。

留在酒吧的，大多是一些羅倫斯每次來這裡都會看見的商人。他們似乎也身負著傳遞情報的任務。羅倫斯有好幾次不小心與他們視線交會，然後彼此尷尬地別開視線。

此時接近黃昏，根據喝得滿臉通紅、就快醉倒的商人們之對話，會議結論似乎差不多定了局，今天的交涉內容也已經談完了。

北凱爾貝決定放棄奪回一角鯨，南凱爾貝則是決定把相當於一角鯨利益的金額分配給北凱爾貝，南、北雙方似乎打算以這般最無趣的結論達成協議。

如果南凱爾貝用了不可勝數的大筆資金收買北凱爾貝的漁夫，讓一角鯨一直握在南凱爾貝手上，北凱爾貝除了以這樣的結論妥協之外，確實沒有其他選擇。

如果北凱爾貝想要奪回一角鯨，就必須訴諸武力，或是買回一角鯨，但這兩者都需要相當高額的資金。

而且，萬一凱爾貝進入戰爭狀態，別說做生意賺錢了，到時候只會讓那些在凱爾貝之外的城鎮開業的居民獲利，凱爾貝的居民卻不會有半個人拿到好處。就算不選擇戰爭，而選擇購買一角鯨，想必北凱爾貝也不知道去哪裡生出那麼多資金。

面對因為不合理的理由而引發的戰爭，北凱爾貝卻只能夠赤手空拳對抗，這不免讓人同情。

然而，不合理的事情就像路邊的小石子一樣俯拾皆是。

就算被小石子絆倒，也不會有人伸手攙扶。

「久等了。」

就在羅倫斯的身體快被瀰漫酒吧的酒味和烤肉焦味滲透時，跑腿男子總算帶來了回覆。

雖然羅倫斯沒有偷看伊弗寫了什麼樣的回覆內容，還是看得出來這次的內容頗為重要。

因為這次收到的回覆信件封上了紅色蠟封。

「這是今天最後一次任務。不過，請一定要帶回對方的回覆。」

雖然男子乍看像是個膽小的矮個子跑腿，但他懷裡或許暗藏塗了毒的利刃也說不定。

羅倫斯當然知道男子所說的「一定」，不單只是用來強調說話語氣而已。

信件之所以封上了蠟封，想必是為了不想讓伊弗起疑。

也就是說，信件裡寫了基曼等人的結論。

「我知道了。我一定做到。」

手下只是手下，沒必要思考事情。

聽到羅倫斯的回答後，跑腿男子看似滿意地點了點頭。

直到羅倫斯步出酒吧，男子都還一直注視著羅倫斯。

或許是會議即將結束，所以男子的工作也告了一個段落吧。

羅倫斯來到人潮依舊擁擠的街上後，抬頭仰望烏雲密佈、只有一角清澈的天空，在心中暗暗嘀咕：

「還是說他是在懷疑我？」

羅倫斯忍不住笑了出來，但他也不知道自己為何要笑。

「明日清晨運出一角鯨，假裝進行正式程序。接著在船上連同載了一角鯨的船隻，一起交換土地所有權轉讓書。交換後，看妳要滾到哪裡去都行。魯德・基曼。」

羅倫斯心想最後那句話應該是在開玩笑。伊弗讀完信件內容後，毫不猶豫地把信紙遞給羅倫斯看。

羅倫斯看了後，發現信上確實寫著伊弗所說的內容，也有基曼的簽名。

如果伊弗拿著這封信前往洋行，基曼就會頓時失去立足之地。

基曼會交給羅倫斯這封信，就表示基曼信得過伊弗。

羅倫斯不知道有什麼根據讓基曼如此有自信。

基曼當然不可能無條件相信伊弗。他會這麼有自信，一定是因為就算這封信公諸於世，他也已經做好了防範。

「真是單純又幼稚的交貨方式。你覺得怎樣？」

「如果發現有危險，只要翻了整艘船就能模糊事情焦點，所以也不算是個太爛的方法才對。」

羅倫斯的感想與赫蘿告訴過他的方法如出一轍。伊弗聽了挑起一邊眉毛，看似開心地嘀咕了句：「原來如此。」

「所以，針對這封信，我只要這麼回覆就好了嗎？」

伊弗一邊說話，一邊像在排遣無聊似的在羊皮紙上寫字。

那羊皮紙經過仔細的去毛處理，表面磨得相當平整，實在不是能夠讓一介商人抱著消遣之心下筆的高級品。這種羊皮紙應該是給一臉肅穆的修道士，在莊嚴的石造修道院裡，抄錄記載了神明睿智的書籍。而伊弗用著不輸給修道士的工整字跡，寫下了內容駭人的文章。

「了解。那麼，為了交貨，敝方船上會有我伊弗．波倫。至於貴方船上會有傳說中的神獸，以及……」

伊弗看向了羅倫斯。

「克拉福．羅倫斯。」

雖然羅倫斯沒有回答，但伊弗看起來也不怎麼在乎。

伊弗在信末流利地簽了名後，隨隨便便地把羊皮紙丟向正在攪拌蠟的老人。

只要將羊皮紙封上紅色蠟封，再用馬毛綁起來，回函就大功告成了。

接下來，羅倫斯肯定會搭上交貨船。

「我沒有答覆妳耶。」

或許是工作已經告了一個段落，房門外隱約傳來兩名把風男子的笑聲。

聽說兩名男子當初被判了死刑，但伊弗救了他們。

伊弗讓人欽佩的地方是，她為了取得兩名男子的信賴，把自己的計畫都告訴了他們，並且得到了他們的協助。

這一切都是為了讓羅倫斯能夠帶著現在的表情站在這裡。

粗漢們並不似外表那般愚蠢。

「答覆？你有時候會說一些很奇怪的話耶。像我們這種愛說謊的商人，出口的話語能有多少價值呢？」

聽到伊弗以樂不可支的語調這麼說，羅倫斯實在難掩苦笑。

當然了，對商人來說，表情這東西也沒有什麼意義。

羅倫斯保持著苦笑，臉上表情動也不動。

「做生意就是一種危險的行為。只有神明能夠識破對方在想什麼，但神明什麼都不要；會進行交易的，都是充滿慾望的人類。而相信充滿慾望的人類，是這個世界上最危險的事了。我寫了信要回覆基曼，而你負責送信。不管是要祈禱，還是威脅，都只能等待才可能知道會有什麼結果。我已經用盡了所有手段。所以，我只能把這封信交給你。」

伊弗從老人手中收下信件後，毫不猶豫地遞向羅倫斯。

說這封信將決定伊弗的命運，一點也不誇張，伊弗卻如此乾脆地準備把這封信交給他人。

與其說伊弗這樣很有勇氣，不如說她不執著於自己的性命。

——如果事情沒有順利成功，就表示自己的人生沒什麼大不了的；而只有這點價值的人生，根本沒必要存在。

這是一個以不怕死聞名的英雄說過的話。羅倫斯一邊想起這段話，一邊收下伊弗的信件。

「基曼肯定會照這封信的內容去做才對。萬一他否定我的要求，打算讓你跟你以外的人上船，我這邊為了自保，也必須讓其他人上船。只要有一方懷疑起另一方，戰鬥準備的連鎖效應就會一直持續下去。所以……」

伊弗說到一半停頓下來，只把遞信給羅倫斯的那隻手放在書桌上，然後她閉起眼睛，用力做了一次深呼吸。

——我當然也會緊張。

伊弗的舉動就像是在這麼說。

「所以，我們下次見面會是在四下無人、朝霧瀰漫的河川上。」

大家都說伊弗是羅姆河之狼，現在的她看起來，確實與赫蘿有相似之處。

伊弗放在書桌上的手，映入羅倫斯的眼簾。

她像是希望人家握住她的手，卻又將這股想法藏於內心深處，就像她很想相信對方，卻無法相信的感覺。

「方便提一件事情嗎？」

聽到羅倫斯開口說話，伊弗的手抽動了一下。

「什麼？」

「我還有夥伴耶。」

在河川上交貨之際，如果羅倫斯背叛了公會，他與伊弗可以連同一角鯨一起轉乘在某處接駁的船隻，然後就這樣出遠洋。

這時如果還想迎接留在陸地上的赫蘿與寇爾，可是難如登天。

基曼會選擇如此單純的計畫，原因之一就在於他把赫蘿與寇爾當成人質。

伊弗的表情沒變，她靜靜抽回書桌上的手。

「我也有阿洛德。」

伊弗的這句話貫穿了羅倫斯的心臟。

「好了，我已經把信交給你了。快去吧。」

伊弗露出嫌麻煩的表情說完，便揮了揮手要羅倫斯離開。

此時要是忤逆她，或許伊弗就會大發雷霆吧。

——我也有阿洛德。

伊弗的這句話隱藏著重大的決心。

如果伊弗所言不虛，那麼阿洛德對伊弗而言，想必是個非常重要、用金錢都難以交換的重要存在。

羅倫斯因為知道赫蘿的真實模樣以及真實力量，所以不覺得害怕。別說是保護自家人的性命安全，赫蘿甚至有辦法救出阿洛德。

然而，伊弗在羅倫斯面前表現出了願意承受這般危險的決心。

她根本不知道赫蘿的力量。

伊弗與阿洛德一起從雷諾斯帶著皮草來到凱爾貝，還願意幫阿洛德負擔盤纏。對於自己如此信賴的阿洛德，伊弗甚至做好了捨棄他的心理準備。

羅倫斯不禁覺得伊弗對他的信賴更甚阿洛德。

不過，事實當然沒有這麼愚蠢。

想必伊弗真的為了自己的利益，打算捨棄一切，並且有著「只要是碰觸得到的東西，全部要換成金錢」的堅定決心。這樣的解釋會比羅倫斯方才的想法貼近事實許多。

但古老神話裡，就有一個渴望能點石成金的愚蠢神明，結果卻因為沒有食物吃，落得餓死的下場。

伊弗的話語之所以會讓羅倫斯感到衝擊，只有一個原因。

她打算走的，是一條無可救贖之路。羅倫斯看了她的模樣，不禁自問：我有辦法捨棄這樣的她嗎？

伊弗都願意捨棄阿洛德了，她一定會在船上殺了羅倫斯，或是找機會再次背叛羅倫斯。

如果伊弗這麼做後會露出笑容，那也就算了。

重點是羅倫斯想像不出來。

他實在不認為伊弗會展露笑臉。

是因為同情伊弗嗎？

羅倫斯如此自問，但找不到答案。

是自己想太多嗎？

這個可能性很大。

可是，世上幾乎所有的事都是自己想太多所造成的。

世上有太多人甚至懷疑神明的存在。

那麼，現在應該怎麼做呢？

怎麼做才能夠一手抓住自己的利益，同時用空出來的另一隻手抓住伊弗的手？

羅倫斯激動地自問，並在酒吧裡信件交給跑腿男子。

「你的任務結束了。任務很辛苦吧，辛苦你了。老大說等回到旅館後，會說明接下來的事情。」

跑腿男子說完，拍了拍羅倫斯的肩膀便離開了。

羅倫斯甚至沒有多餘的心思，去思考跑腿男子會錯了什麼意。

會議似乎沒有引起太大的風波便結束了。當羅倫斯步伐蹣跚地走過黃金之泉時，發現已經有奚奚落落的人們在那裡興高采烈地談天。黃金之泉旁已準備好了晚間使用的篝火，想要讓自己顯得更有威嚴，而高高挺起胸膛的士兵們，一副像在守護神聖王座似的模樣，站在供會議使用的桌子前方。

如果把這場會議形容成一場圍繞著金錢、權威以及名譽的宴會，聽起來或許威風，如果當成故事來描述，也有足夠的豐富內容。

然而，實際在這裡參加會議的人們卻是多麼地悲慘且卑賤。

原來神明不讚賞商人，真的確有其因。

天空開始染上暗紅色，遠方可見不知是烏鴉，還是海鳥的影子。

羅倫斯一直以為做生意賺錢，會是更優雅且高貴的行為。

他一邊眺望一盞一盞點亮的燈光，一邊在從三角洲南下南凱爾貝的河川上，隨著渡船晃動。

伊弗絕對不可能回頭，而基曼也不可能擬出不夠周密的計畫。

基曼最害怕遇到的狀況，是拿到假的土地所有權轉讓書，而且一角鯨被帶走。這樣的結果會比計畫敗露更加悲慘。

到時候的狀況就不是自己搶先他人一步，事態就會好轉那麼簡單。

整個計畫就像揉了再揉、完全膨脹起來的酵母麵包一樣，現在已經放進了窯裡，就等著烘烤完成了。

這麼一來，羅倫斯不是選擇向神明祈禱，就只能選擇逃跑。

既然事到如今不可能說服伊弗和基曼，他就只能努力思考這個計畫的陷阱，到底會巧妙地設在何處。

渡船抵達了棧橋，羅倫斯隨著四周人群移動，踏上陸地。

四周多是前去三角洲參觀會議的商人們，他們隨意暢談，還開心地笑個不停。

羅倫斯不禁覺得這些商人們很吵，但也知道自己是遷怒於他們。

即便如此，彷彿抓住絕不可能抓得到的雲朵似的虛幻感覺，還是讓羅倫斯吐氣時湧上一股想要大叫的衝動。

一個腳步搖搖晃晃的商人撞上了羅倫斯。

就在羅倫斯忍不住握住拳頭，準備打下去的瞬間，他的目光被吸往某處。

「喂……幹嘛撞人啊……」

羅倫斯根本沒有把眼神迷茫、不講道理的醉漢看在眼中。

他的目光集中在醉漢後方。

渡船一艘接著一艘抵達棧橋，在接二連三地慢慢走下船的人群之中，羅倫斯看見站了一道熟悉的身影。

那人面向羅倫斯，纏繞在其臉上的頭巾底下，投來羅倫斯從不曾看過的眼神。

「喂！你到底聽到沒——」

「抱歉。」

羅倫斯的視線直直盯著那位下船者，他隨手將一枚略為泛黑的銀幣塞給醉漢，便邁步走去。

羅倫斯不明白，這名人物為什麼在會議結束的這個時間會來到南凱爾貝。

而且，光是看見那人站在前方的身影，就能夠感覺到她已被逼得走投無路。

到底發生什麼事了？

就在羅倫斯要出聲說話時——

「大事不妙。」

頭巾底下傳來比平常更加沙啞的聲音。

「我已經……不行了……可是，至少要讓你……」

「唔！」

用盡最後的力氣說出話後，伊弗的膝蓋就快癱軟下來。

羅倫斯慌張地抱住伊弗後，立刻又忍不住縮回了手，但羅倫斯這不是在開她玩笑。

而是因為伊弗的身軀輕得教人害怕，而且身體發燙。

伊弗在頭巾底下反覆著短促的微弱呼吸，額頭上浮現大顆的汗珠。

只有右手還牢牢握住一張羊皮紙。

「發生什麼事了？到底怎麼了？」

幾乎整個人靠在羅倫斯身上的伊弗一邊咬住下嘴唇，一邊拚命用眼神想要傳達什麼。

羅倫斯心想一定發生了很重大的事情。

他把視線移向伊弗的右手。

看著伊弗握在手上的羊皮紙。

羊皮紙上一定寫了讓伊弗受到如此打擊的重要事項。

「這邊太醒目了。我們先找個小巷子——」

羅倫斯說著扶起伊弗，開始邁出步伐。

這時，教會的鐘塔響起了高亢的鐘聲。往來港口的人們紛紛停下腳步，一齊朝向教會鐘塔望去，跟著交握雙手各自做起祈禱。

在鐘聲「叮——咚——」的響聲之下，羅倫斯攙扶著伊弗穿過人群走去。

希望這至少會是神明的旨意。

羅倫斯抱著這般心情撥開人群，眼看著就要鑽進小巷子。

就在鐘聲帶著嘹亮餘韻停下的瞬間，羅倫斯突然停下了腳步。

彷彿神明的庇佑在這瞬間消失了一樣。

「您要去哪裡呢？」

羅倫斯也不是沒料到會有這樣的可能性。

畢竟這裡是人潮聚集的港口。

此刻正好是會議剛結束的時間，不斷有人從三角洲回到這裡。

然而，這應該不完全是偶然。因為跑腿男子就站在基曼身邊。

跑腿男子那「不論在多麼擁擠的人潮之中，也能夠把信件確實送到主人手中」的犀利目光，想必很輕易地就發現了伊弗的身影。

羅倫斯在動腦思考之前，先轉動視線環視四周。

現在要帶著伊弗逃跑是不可能的事情。

「我朋友身體不適，所以我想帶她回旅館。」

「原來如此。」

基曼露出可掬的笑容，一副真的就打算這麼結束閒聊的模樣。

然而，他身旁的跑腿男子，以及看似手下的另一名男子卻靜靜地踏出步伐。

「能夠在這裡遇到妳，看來我真的很幸運。」

羅倫斯一擺出保護伊弗的姿勢，兩名男子就變換了身體重心。

對羅倫斯而言，遭到盜賊襲擊並不稀奇。

兩名男子彷彿隨時都會撲上來，他們的姿勢就像猛獸一樣。

怎麼處理好呢？

羅倫斯如此自問。

不管怎樣，被基曼認為自己與伊弗搭上線都不是上策。而且在這個時間點，基曼應該還無法確信羅倫斯已經打算與伊弗合作。

這麼一來，羅倫斯就可以賭上這個可能性，選擇乖乖交出伊弗。

這當然是一種選擇，只是羅倫斯真的做得到嗎？

儘管臉上猛冒汗，已經筋疲力盡的伊弗還是在羅倫斯身下，努力地想要傳達些什麼。

而且，面對聽到基曼的話語而縮起身子的伊弗，羅倫斯真的有辦法捨棄她嗎？

「不是的，我是……」

「……妳手上拿的果然是信件啊。寄件人是泰德．雷諾茲沒錯吧？」

伊弗虛弱地搖了搖頭。

基曼的用字遣詞從商人的層級轉變為貴族階級，就和他過去幾次開玩笑時一模一樣。

即便如此，羅倫斯的腦子卻塞滿了其他思緒。

雷諾茲寄來的信？

「等會兒就好好聽妳說明吧。不過，我沒有太多時間就是了。」

基曼一邊說道，一邊輕輕揮了揮手。兩名男子隨即很輕易地從羅倫斯懷裡拉走伊弗。

什麼也沒想的羅倫斯下意識地伸出手，但立刻停止了動作。因為緊貼在羅倫斯身旁的跑腿男子，正用小刀抵著他的側腰。

「這隻狼打算陷害我們，而且陷阱挖得相當深。」

笑臉時而會是用來表現憤怒的表情。

基曼是從事遠距離貿易的商人。當他的臉上浮現這種表情時，被帶下去的人會有什麼樣的下場呢？

基曼一邊目送伊弗，一邊以有些像是在讚賞勁敵的語調說：

「我當然有想過事情可能會演變成這樣，只是沒想到會是以這樣的形式。」

「不是的……我根本沒打算把一角鯨賣給雷諾茲——」

據說綁匪懂得好幾種不可思議的抱人方法。

明明看得出伊弗很想從綁匪懷裡逃脫，但從旁看去，卻像綁匪在照顧喝得爛醉的人一樣。

被摀住嘴巴的伊弗劇烈地轉動著視線。

「羅倫斯先生……」

就在伊弗被男子們帶走、眼看就要消失在人群之中時，基曼看向羅倫斯說：

「事情要是傳了出去，您一定會後悔喔。」

這想必是基曼一流的玩笑話。

但他接下來的話語卻冷漠得令人害怕。

「因為我也非常地拚命。」

然後，基曼像是追著逐漸被人群吞沒的伊弗而去似的，消失在雜沓人群之中。

當羅倫斯察覺時，拿小刀抵著他的跑腿男子已經不見蹤影，只留下他一人在原地。

即便如此，為了把最後目睹的光景深深烙印在心中，羅倫斯還是有好一會兒沒有移動身子。

在一片有如異形生物般不斷蠕動的人海裡，有一隻抱著賭上最後一絲希望的手伸了出來。

羅倫斯沒能夠握住那隻手。

即使在僅由百枚金幣形成的大海中游泳，也會在一瞬之間溺斃。

如果是在由一角鯨——由這項超乎想像的高價商品所形成的漩渦之中行走，想必連聖職者也會鐵青著臉，不敢說出他們一旦失足，將會掉進什麼樣的地方。

伊弗最後還是沒有踩穩腳步。

她走過一條又一條的鋼索，但最後還是失了足。

基曼的話語在羅倫斯耳裡不停迴盪。

——事情要是傳了出去，您一定會後悔喔。因為我也非常地拚命。

基曼會說出這種話，就表示計畫在某處出了關鍵性的破綻。

羅倫斯思索著泰德・雷諾茲的名字、伊弗表示不打算把一角鯨賣給雷諾茲的話語。

還有，被留在原地的自己。

羅倫斯不知道基曼是認為自己沒有得到什麼重要情報，還是認為自己只是被伊弗的操縱的人偶。不管是前者還是後者，對基曼等人而言，羅倫斯似乎真的只是個情報傳達員。

羅倫斯嘆了口氣，跟著突然感到一陣反胃。他急忙衝進原本打算與伊弗一起逃進去的小巷子，用力吐出了胃裡的一切。

羅倫斯並非感到無力。

而是令人難以置信的強烈自我厭惡感，讓他無法忍受。

羅倫斯內心其實鬆了一大口氣。

對於自己沒有被基曼帶走的事實，他不禁鬆了口氣。

他在赫蘿面前說了大話，自以為能夠壓倒基曼，接著經歷與伊弗的互動。儘管經過這一連串的過程，羅倫斯還是認為，在這次騷動的最後，還是能夠靠著自己的力量改變局勢。

他怎麼也沒想到自己現在會是這副德性。

如果只是遭到無力感攻擊，還有辦法重新站起來。

因為商人永遠都會為了追求自己沒握在手中的東西，而勇往直前。

儘管已經吐到沒有東西可吐，羅倫斯還是吐了好幾次，最後吐了口口水。

羅倫斯曾經救過赫蘿，也度過了好幾次難關。

倘若這只是讓羅倫斯得到毫無根據的自信，狀況或許沒有那麼糟。但現在的狀況是，只要掀開羅倫斯那張一層薄弱的自信，就會發現內部比以前更加腐敗。

羅倫斯感覺到視線變得模糊，但原因絕不止於嘔吐的感覺太痛苦。

伊弗的行動不一致。

其計畫因為雷諾茲寄來的信件而露出破綻時，為了至少能夠讓羅倫斯逃過一劫，伊弗不顧危險地來到南凱爾貝通知羅倫斯。

這麼一來，就表示伊弗沒有只把羅倫斯當成一顆普通的棋子看。

伊弗會邀羅倫斯一起背叛，也可能不是為了得到一角鯨，而是為了其他什麼事情。

明明是這樣，看見只有伊弗被帶走，羅倫斯卻不禁鬆了口氣。

這件事情比任何事情都能夠讓羅倫斯深刻感受到——

——我不是勇氣十足的主角。

「可惡！」

羅倫斯邊罵邊打了石牆一拳。

如果是虧錢或是賺錢，只要自己願意接受或放棄，就能夠解決事情。

然而，如果這樣的事情還牽扯上別人，就沒那麼好解決了。羅倫斯承認以旅行商人為業，獨自坐在馬車上的一人之旅確實很孤獨。但是，他也理解旅行商人只需要擔心自己的好處。

照理說，只要有意願，旅行商人也能在經過的城鎮裡組織家庭。羅倫斯之所以沒有這麼做，或是說沒能夠這麼做，是因為他知道自己是個膽小的爛好人。

所謂行商，是指相遇與別離的永無止盡之旅。

如果會期待在下一個城鎮能夠看到更好的商品，怎麼可能只滿足於眼前的商品呢？

羅倫斯心中一直抱著這種想法，而他也終於碰上了名為赫蘿的珍貴商品，還為她砸下了大筆金錢。

只是，就算這樣，羅倫斯還是沒辦法把「只要赫蘿平安無事，一切都好」這話說出口。

如果說旅行商人受了詛咒，其實是一種藉口。人與人之間的關係並不能用金錢劃清界線。如果羅倫斯能夠用金錢衡量一切，被夾在伊弗與基曼之間時，內心就不會那麼地動搖不安。

因為在整個一角鯨掀起的騷動之中，羅倫斯一生能夠賺到的錢，根本就如塵埃般沒有什麼價值可言。

正因為如此，羅倫斯才會告訴自己：比金錢更重要的人際關係，是比金錢更難以得到的高貴之物。而他也以此為理由，試圖遠離人際關係。

羅倫斯的馬車貨台上總是載著一定的貨物量，他的內心也一樣。

因為他很清楚自己的肚量有多深。

羅倫斯用拳頭頂著石牆挺起身子，仰望染上一片紫色的天空，擦去眼淚。

只要能夠當個笨蛋，抱著「只要有赫蘿在，什麼都不怕」的想法，無論遇到再難的問題，永遠都能迎刃而解。

然而，永遠會有其他想法闖進羅倫斯內心，甚至會把他認為很重要的想法給擠出去。

這種事情對於一個好奇心旺盛的商人來說，或許很正常，而對於沒有修道士那種鋼鐵般意志的凡人來說，或許也是無力改變的事情。

為了不讓內心的想法過多而滿出來，也為了不讓重要想法被擠出來，這趟旅行一路走得慌張失措。即便如此，這趟旅行還是比無風無浪的一人行商之旅有趣太多。

沒錯，一路上很有趣，真的很有趣。

那不是只能一邊望著馬兒的屁股，一邊不停繞著固定行商路線走的旅行。

羅倫斯再次吐出殘留在嘴裡的苦酸味，然後粗魯地擦拭嘴角。

儘管必須啜飲泥濘、在地上四處爬行，還是會把裝載貨物全部運送到下一個城鎮，這才是所謂的旅行商人。

旅行商人絕對不能把貨物拋下。

不管遇到什麼樣的困難，都不能這麼做。

「既然這樣……」

羅倫斯喃喃說道，硬是轉動起停止思考的腦袋。

對於親眼看見伊弗被抓走的事實，應該要感到幸運。基曼會採取如此魯莽的手段，就表示事態相當地緊迫。這麼一來，基曼就無法建起太過複雜的結構。

以長遠的觀點與多數人進行事前交涉；採取所有可能的方法，迴避可能發生的危險以擬定策略；羅倫斯並不熟悉這樣的戰鬥方法，但如果是換成買賣眼前的商品，就會是他的擅長領域了。

羅倫斯也有贏得勝利的機會。

一定有。

羅倫斯在心中嘀咕說：「而且……」

只有外來之客才能夠冷靜地旁觀，眺望著城裡進行的商品交易。他抓住了這樣的心態，暗自呢喃：

——而且，我不是一個人——

羅倫斯沒打算詢問旅伴什麼時候出現在這裡，又為什麼來到這裡。

因為羅倫斯知道旅伴不可能一直乖乖待在旅館，而且在事態不明的狀況下，在有人潮聚集的地方豎耳傾聽是最正常的對策，港口正是這麼做的最佳場所。

而且，兩名旅伴的目光之犀利，可說是無人能出其右。

其中一名旅伴，有著就是世界盡頭掉了一根針，也聽得見的狼耳朵。她就靠在不遠處的石牆上，看似不悅地把雙手交叉在胸前。

她一定目睹了一切。

就算沒有目睹，想必也能輕而易舉地洞悉一切。

羅倫斯露出苦笑，然後聳了聳肩。

彷彿只要藉由這樣的舉動，就能夠讓他恢復得跟平常一樣似的。

「咱只能提供智慧。」

赫蘿用兜帽藏著臉，只稍微露出下巴說道。

「這樣就足夠了。」

「為了救其他雌性，汝到底想要借咱的智慧幾次啊？」

赫蘿之所以丟出如此直接的話語，是因為現在的狀況已經緊急到不能拐彎抹角地說話了嗎？

還是赫蘿的忍耐終於到了極限呢？

羅倫斯笑了出來。

他很自然地笑著回答說：

「不過，我只會跟妳一起旅行。」

雖然赫蘿沒有回答，而是輕輕地從牆上彈起身子，然後扭動脖子發出喀喀聲響。

赫蘿一副像是聽到難為情的話語而難以忍受的樣子，但如果羅倫斯把她的心事說出口，肯定會被她一口吃進肚子裡。

「咱讓寇爾小鬼跟蹤那些傢伙去了。」

「妳在港口豎耳傾聽的結果怎樣？」

「不知道。不過，在汝上陸之前，有一些傢伙開始動搖了起來。因為咱就待在那家麵包店三樓觀察狀況，所以看得再清楚不過了。」

這麼一來，就表示現在感到不安的，不是只有基曼或伊弗等極少部分的人。

因為發生了什麼更巨大的變化，所以基曼等人的偷渡船也受到了影響。

伊弗被帶走之際，說過她根本沒有要把一角鯨賣給雷諾茲的打算。

這麼一來，就表示伊弗握在手上的，是雷諾茲寫來試探意向的信件。如果不把這個事實侷限於與基曼與伊弗的密約銜接上，而是以更寬廣的視野來看，會是什麼狀況呢？

雷諾茲理應站在北凱爾貝地主們的陣營，在這之下會發生什麼巨大變化，其可能性相當有限。

難道是雷諾茲打算從表裡兩方的手中同時購買一角鯨？

「我想那應該是因為北凱爾貝的人正準備買下一角鯨的緣故。」

「嗯……」

「可是，光是這樣並不足以讓基曼變得慌張，也沒辦法解釋伊弗為何冒險來見我。應該是發生了完全出乎他們意料之外的事情，事態才會變成如此。」

赫蘿拉起羅倫斯的手走了出去，然後開口說：

「畢竟北邊是個貧困的城鎮吶，所以他們怎麼也沒想到北邊會有錢。」

「沒錯。而且，這次行動的中心人物還是那個雷諾茲。」

雷諾茲藉由裝了銅幣的箱子數量掩人耳目來賺取小錢，像他這樣的人物不可能籌到那麼大筆資金。

「自己沒有的東西，總必須向人家借。」

「一點也沒錯。如果雷諾茲真的打算買下一角鯨，就表示他向某處調度了資金回來。啊，對啊。所以基曼和伊弗才會那樣陣腳大亂。」

這時赫蘿總算願意從兜帽底下露出眼睛。

赫蘿的眉間還留著一道淺淺的皺紋。

如果赫蘿真的目睹了羅倫斯從在南凱爾貝上岸、與伊弗見面，以及面對基曼的始末，那她肯定一直皺著眉頭。

羅倫斯告訴自己在一切事情都解決後，也要像赫蘿幫寇爾放鬆臉部肌肉那樣，幫赫蘿撫平眉間的皺紋。

「金錢和權力是最要好的朋友。這次的一角鯨交易如果扯進了某處的權貴，整件事情會瞬間變得很複雜。妳懂嗎？」

這是古今中外不變的道理。

赫蘿一臉想說「不准試探咱」的模樣嘟起嘴巴，然後回答說：

「……畢竟汝等人類在飯館點了飯菜，卻等不到飯菜送來時，只會要求退錢而已吶。」

不愧是赫蘿，腦筋轉得相當快。

羅倫斯回想起伊弗被強行帶走的場面。

正因為事態演變成無法只靠帳簿上的數字來計算損益，所以伊弗才會被強行帶走。

「點了餐點卻沒有送來時，那些傢伙的作法是會要店家用金錢和鮮血來賠償。這麼一來……如果這樣的假設是正確的，基曼只可能把伊弗帶去一個地方。」

面對權力，就要以權力來對抗。

雷諾茲之所以會向伊弗表示要買一角鯨，想必是因為他推算出基曼與伊弗暗地裡搭上了線。

如果真是如此，檯面上的力量何時會對基曼等人展開攻擊，誰也不知道。

這種時候如果只雇用一、兩個流氓待在身邊，只會帶來反效果。

這回換成羅倫斯拉起赫蘿的手，往反方向跑了起來。

赫蘿想必與寇爾約了在某處會合，但如果羅倫斯的推測沒錯，就只會有一個目的地。

羅倫斯撥開雜沓人群往前進，沒多久後便抵達了目的地。

比起昨天前來時，這裡的衛兵變得更多了。

就彷彿為了發生不測時而做準備似的。

「教會？」

赫蘿才這麼嘀咕完，目光立即被吸引到某處。赫蘿的視線前方，站著一臉驚訝的寇爾。

「請、請問，您們怎麼會來這裡？」

把破外套蓋在頭上，扮著乞丐的寇爾開口問道。

羅倫斯確信了自己的預測是正確的。

「基曼他們在裡面吧？無論如何，為了救出伊弗，總得跟她見一次面，了解狀況才行。妳覺得要怎麼進攻比較好？」

聽到羅倫斯的詢問後，赫蘿露出尖牙，滿臉歡欣地笑了笑。

「有什麼事?」

羅倫斯爬上教會的石階，來到入口處時，兩名士兵交叉起長槍擋住去路。

他帶著與赫蘿換了衣服的寇爾，展露笑臉說：

「我有事情想找羅恩商業公會的魯德·基曼先生。」

雖然這是一句神明賜與的魔法話語，但同一張王座上，不見得永遠坐著同一位神明。

兩名士兵的反應與昨天不一樣。其中一名士兵一臉嚴肅地打開大門走了進去，而留在原地的士兵則是毫不客氣地朝著羅倫斯伸出長槍。

赫蘿的提案極其單純。讓人感到意外的是，羅倫斯身旁只見寇爾，卻不見赫蘿的身影。

「……進去吧。」

沒多久走進教會的士兵走了出來，對羅倫斯簡潔地說道。

羅倫斯對著暫時收起長槍的士兵露出笑臉打招呼，從士兵打開的一小道門縫滑進了教會裡。

等到寇爾也走進教會後，士兵立刻關上大門，並再次伸出長槍。

「……」

士兵應該是要兩人前進的意思。

羅倫斯邁開腳步，在後方的長槍催促下，走在圍繞著聖堂的迴廊上。
教會裡安靜得教人害怕，彷彿連燭火晃動的聲音都聽得見。
在教會挑高的天花板、牆壁和柱子頂端的所有雕刻，都是極其費工的完美作品。
然而，這些雕刻全是在告訴世人世間有多麼可怕的異界妖魔，這或許是一種預兆也說不定。
來到迴廊上的其中一間房間前面時，士兵發出指示說：「停下。」
這間房間或許平常是倉庫，士兵敲了敲樸素簡陋的木門後，木門靜靜地打了開來。
先前遇到的跑腿男子從門後探出頭來。
他認出羅倫斯後，露出了不悅的表情。
「我有事情想跟基曼先生說。」
羅倫斯刻意露出最完美的笑容說道。
因為羅倫斯知道，對方覺得他不過是一介旅行商人，所以他故意這麼刺激對方。
赫蘿提出的單純提案就是要這麼做，才會有效果。
「你不知道我們是特地饒了你一命嗎？」
威脅一個人的時候，要像蛇突然從草叢之中竄出來襲擊般出奇不意，才能夠發揮威脅的真正效果。
如果看得出對方準備威脅自己，羅倫斯當然有辦法應付。

「因為做生意就是要去撿火中的栗子啊。」

聽到羅倫斯這麼回答的瞬間，男子臉色大變，迅速抓向羅倫斯的胸口。

如果知道對方會伸出手，當然就不會感到驚訝。

羅倫斯在男子抓住他胸口的同時，往後縮起身子，利用這股力道反抓男子的胸口，把男子拉出了房間。

「您不知道我是特地前來交涉的嗎？」

羅倫斯依然掛著笑臉說道。原本看呆了的士兵，在急忙準備拉開羅倫斯與男子時，傳來了另一人的聲音：

「請問有何貴事？」

聽到聲音後，羅倫斯鬆開了男子的胸口，對方也幾乎在同時做出同樣動作。

那顯得沉穩的聲音、有氣質的用字遣詞，非常適合教會的莊嚴氣氛，也不禁讓人覺得實在有些諷刺。

儘管風度依舊翩翩，髮型卻顯得有些凌亂的基曼，就站在房門口。

「我想跟朋友說說話。」

「您說話真是開門見山。您認為我會允許嗎？」

跑腿男子迅速地站在主人身邊，目光陰沉地瞪著羅倫斯。

雖然羅倫斯不確定自己是否做好打鬥的準備，但看見身旁的寇爾不服輸地挺起胸膛，自己也從中得到了勇氣。

「我知道不可能輕易跟朋友說到話。」

「那麼，您打算怎麼做呢？我現在沒有時間與您閒話家常。幸好這所教會有好幾間房間……」

說著，基曼投來冷漠的視線。

寡難敵眾。

然而，基曼會威脅得如此直接，證明了其情況相當緊迫。

「那當然了。只是，沒想到您會以為我沒做任何準備就前來。」

「嗯？」

「不對，應該這麼說吧。我還以為抓了我會很麻煩，所以基曼先生才會放過我一馬。」

基曼端正的五官堆起了皺紋。

羅倫斯繼續追擊道：

「畢竟伊弗小姐為了拉攏我，給了我很多方便。她也提供了協助，讓我能夠保住自身性命。

好比說……」

羅倫斯刻意咳了一聲，才繼續說：

「好比說，把您簽了名的羊皮紙賣給我之類的。」

雖然跑腿男子打算採取行動，但基曼用手勢制止了他。

基曼只揚起右嘴角，露出只有半張臉在笑的詭異笑臉。

「我現在仔細一看，才發現您的同伴不是那位女性啊。」

「因為她的動作最敏捷。而且，如果只是在懷裡放幾張羊皮紙，就是少女也搬得動。」

「……」

與伊弗勾結的事要是被公諸於世，基曼會很難堪。

就算基曼事先採取了什麼防範措施，一旦事態變得混亂，也無法確定那些措施是否能夠正常運作。

基曼應該不願意讓自己承受更多的風險。

而且，就算讓羅倫斯與伊弗見面，也沒什麼大不了。基曼應該會如此判斷才對。

「我知道了。」

聽到基曼的話語，跑腿男子看向主人。

「帶兩位去吧。」

聽到主人這麼說，儘管咬著嘴唇，跑腿男子還是點了點頭。他的忠誠心確實值得敬佩。雖然跑腿男子同時朝向羅倫斯投來充滿怨恨的一瞥，但走在街上時，真正讓人害怕的是無主的野狗，而不是受過訓練的凶猛看門狗。

「如果您掌握到能夠為我帶來利益的情報，我願意出個合理的價格。」

基曼畢竟也是個商人。

羅倫斯轉過頭看著基曼，露出笑容點了點頭。

「這邊。」

跑腿男子帶領羅倫斯兩人，來到位於迴廊上、通往地下室的階梯。

地下室可能是藏寶庫，也可能是站在最前線與異教徒戰鬥時留下的遺跡。

慢慢走下黑暗又潮濕的階梯後，一行人遇上了一扇鐵門。

男子用了奇怪的方式敲門後，房內傳來開鎖的聲音。

跑腿男子沒有伸手開門，便轉過身子對著羅倫斯說：

「你別以為自己逃得掉。」

「我知道。」

聽到羅倫斯油嘴滑舌地答道，男子咬緊牙根發出「嘎吱」一聲。

羅倫斯自己打開房門，走進屋內。

當寇爾跟著走進來並緩緩關上房門時，似乎也掌握了屋內有哪些人，以及現在是什麼狀況。

在晃動的燭光照明下，伊弗就像個被綁架的公主一樣，坐在地下室的麥桿上，一副彷彿在說「你這玩笑開得太妙了」的模樣皺著臉，並露齒而笑。

在隔了一小段時間後，伊弗似乎鎮靜了許多。

伊弗臉上的彆扭笑容，或許是她掩飾難為情時特有的表情。

「我來向妳打聽事情。」

「你……想聽什麼樣的玩笑？」

羅倫斯把短劍遞給負責監視的男子後，男子便開始檢查羅倫斯與寇爾身上有沒有武器。

在這之間，羅倫斯毫不客氣地環視房內一圈後，發現這裡以前果然是地下倉庫。

現在倉庫內的物品稍微做過整理，空出來的位置鋪了麥桿，也放了棉被，還準備了水和食物，而且伊弗的雙手也沒有被綁在身後。

因為原以為會看到慘不忍睹的景象，所以眼前的光景讓羅倫斯直率地鬆了口氣。

伊弗依舊美麗。

想要逼人招供，並非只能夠使用像鞭子或棍棒這類的道具。

「旅行商人到了新的城鎮，一定會先收集情報。」

「原來如此。真是難得，那男人竟然會放你們穿過城門……啊，你旁邊是小鬼啊。原來是這麼回事。」

關於用人的智慧，想必伊弗是一路親身學習過來。

她似乎一下子就理解了羅倫斯用了什麼手段，才能來到這間地下室。

「等你要去接獨自等你回去的那個女孩時，如果只帶著花束，恐怕會不夠喔。」

「……上次我就被她打了臉頰。」

「哈哈……她看起確實很強悍的樣子。」

如果是在陽光灑落的屋簷下這樣閒話家常，肯定會是相當美好的假日。

然而，很遺憾地，羅倫斯身邊有個男子一直盯著他看，腰上還掛著出鞘的長劍。

跑腿男子想必在門外監視，而基曼說不定也在偷聽。

「不過，看到妳目前還不用一小口一小口吃麵包，我真是鬆了一口氣。」

「哼，基曼沒那個膽量敢傷害我。雷諾茲他一貧如洗，所以一定是哪個有錢人願意支援北凱爾貝。如果說到這一帶的有錢人，大概只有就那幾個人吧。這麼一來，基曼就掌握不到這個援助者跟我會有什麼關係。所以，他頂多只敢罵我幾句而已。」

伊弗帶刺的話語，肯定是說給腰上掛著長劍的男子聽。

不過，以伊弗的個性來說，如果當真認為對方是個不足掛齒的對手，想必連這種話都懶得說吧。就這點看來，水和食物或許是身旁這名男子的體貼表現也說不定。

「不過，我也跟基曼說了很多遍，雷諾茲會寄信給我，真的讓我有種從高處摔下、被同伴孤立的感覺。雷諾茲或許是想拿勾結基曼這點來利用我吧……畢竟我有太多地方可以利用了。」

伊弗明明沒有改變語調，卻散發出完全不同的氣氛。

羅倫斯彷彿可以聽見寇爾屏息的聲音。

「雷諾茲背後果真有富裕的強豪在支持嗎？」

「這也是基曼在懷疑的事情吧。畢竟雷諾茲雖然在北凱爾貝做著最有賺頭的買賣，但也還是那個樣子，所以不太可能有認識的北凱爾貝人持有資金。當然了，如果雷諾茲是靠著某人的智慧，明明沒有錢，卻下單購買，那就有可能了。」

「他的目的呢？」

伊弗露出了整排的牙齒，笑著說：

「為了從暗中參與一角鯨交易的傢伙，也就是像我們這樣的人手中捲走金錢啊。」

羅倫斯臉上之所以浮現笑容，是因為深刻體會到，世上真的有人會去思考各式各樣的點子。

「他的意思就是，如果不想讓拚命籌畫的孤注一擲遭到破壞，就乖乖付錢。」

「反正北凱爾貝一定是非輸不可了。所以，就算有人提議說要撈一些利益，也算是無可厚非吧。一定也有一些傢伙使出雖是胡作非為，但能夠讓周遭的人不得不接受的妙計才對。大家一定會驚慌不已地乖乖付錢吧。不過，會想出擅自賣掉一角鯨這種大膽計畫的，應該只有我們吧。」

從基曼能夠立刻借到教會這間地下室，並且把伊弗軟禁在這裡的行動，就能明白這大膽過了頭的計畫，究竟安排得有多細膩。

他一定也花費了相當多的金錢。

與其讓這一切的努力付諸流水，不如捧著錢，要求雷諾茲打消購買念頭還好一些。

「不過，基曼會把我關在這裡，就表示雷諾茲明明沒有錢，卻說要訂購一角鯨的可能性很低。基曼最害怕的，就是我被北凱爾貝的權力者拉攏。他一定是認為雷諾茲背後有掌權者在撐腰的可能性極高，才會把我關起來。我……我會特地跑來見你，也是因為關於這個幕後主使者，我想到的可能人選實在太多了。」

從凱爾貝搭船，必須要花上半天時間，才能抵達海峽另一端的溫菲爾王國，而伊弗是來自這個王國的前貴族。

如果要在羊皮紙上一一列出過去與伊弗有過關聯的權力者，肯定會畫出一張讓紙面變得全黑的關係圖。

如果沒有光明正大的理由，權力者總是不肯採取行動，但一旦有了理由，他們什麼都會做。像是一角鯨交易的秘密約定，正是他們的最佳目標。

而且，如果藉由把伊弗一人塑造成壞人的手段，就能讓自己更加胡作非為、有利可圖，當然會是個一石二鳥的好方法。只是在騷動結束後，別說是能不能夠活命，伊弗恐怕已經被折磨得不成人樣了。

伊弗會想帶著一角鯨逃到南方，想必是她深切的願望。

「沒想到卻是做了這麼蠢的事情。」

伊弗一臉受不了地說道，把手肘倚在捲成一團的棉被上，讓身體靠了上去。

「你現在了解這麼多狀況，再來只要觀察城鎮的動靜幾天，就會了解事件的全貌吧。不過，不管雷諾茲有錢沒錢，或是向誰調度資金，這都會是我跟你最後一次見面吧。」

伊弗之所以變得異常多話，一定是原本緊繃的情緒終於放鬆的緣故。

可能是說一堆話之後感到滿足，也可能是累了，伊弗閉上眼睛，緩緩打了呵欠。

她的模樣，甚至散發著對任何事情都不為所動的王者風範。

不過，那模樣絕不顯得神聖。因為伊弗緩緩開口簡短地說：

「我是很習慣待在這種地方的老手。只要能夠不受苦地死去，那就好了。」

聽到寇爾輕輕發出聲音，伊弗一邊抬高視線，一邊朝向寇爾露出微笑。

「是為了湮滅證據嗎？」

「誰叫我有嘴巴呢。」

世上有多少人能夠聳著肩說出這樣的話語呢？

羅倫斯打算說些什麼時，伊弗露出像個小女孩的笑容說：

「最後有你願意陪像小孩子一樣任性的我，我真的很開心。」

伊弗別過臉看向遠方，那側臉真是美極了。

「無論再差勁的晚餐會，只要最後一道料理好吃，就值得高興。」

羅倫斯不禁感到胸口一陣痛，但不是因為覺得擁有這般想法的伊弗可憐。

而是因為他自己正是為了這樣的結果，而選擇繼續與赫蘿旅行。

只要能夠與赫蘿兩人笑得開心，那就好了。

不過，要是能夠為此拋下一切，羅倫斯現在就不會站在這裡了。

「要怎麼做，才把妳從這裡救出去呢？」

聽到羅倫斯這麼詢問，在他身旁負責監視的男子吃了一驚，伊弗本身更是嚇了一跳。

「他是認真的嗎？」

伊弗一邊說道，一邊移動視線，但不是看向羅倫斯，而是看向監視男子。

「……當然是認真的。因為很不巧地，我不是商人。」

如果沒處理好，伊弗與監視男子可能是一個被砍、一個砍人的關係，但兩人卻像舊識般交談了起來。

「不過，有件事情……」

「別說了。他也知道你想說什麼。」

男子朝向羅倫斯開口說話時，伊弗這麼制止了男子說話。

男子看著伊弗沉思了一會兒後，順從地閉上了嘴巴。

羅倫斯也明白兩人想說什麼。

徹底的絕望能夠帶來某種平穩的感覺。

然而，若是在這股平穩之中摻進少許希望，就會帶來超乎想像的痛苦。

「我能夠獲救的可能性嘛，只有一個。」

儘管說出這樣的話語，伊弗的表情仍然很鎮靜，但這並不代表她有著一顆鐵打的心。

「那就是雷諾茲是自己準備資金的時候。」

說著，伊弗閉上了眼睛。

「我懶得說話了。這兩天我都沒睡。」

雖然俗話說只要躺著睡覺，就能夠等到好消息，但是當伊弗從沉睡中醒來時，恐怕已是即將步入長眠的時候。

即便如此，伊弗還是一副真的打算睡覺的樣子躺了下來。

想必伊弗是不想再說話的意思，而羅倫斯也已經得到足夠的情報了。

監視男子不知道是基曼花錢請來的，還是原本就是基曼的手下，羅倫斯對著這名十分專業的男子輕輕以眼神致謝後，轉過身子。

可能是無法接受這場互動，也可能是不想去理解，當羅倫斯忙著收回寄放的短劍時，寇爾還一直拚命以眼神向羅倫斯示意。

然而，羅倫斯只是把手放在寇爾的頭上，就讓寇爾靜下來了。

不過，在離開房間之際，寇爾轉過了身子，向伊弗簡短地說：

「晚安。」

伊弗輕輕舉高手回應寇爾的模樣，讓羅倫斯留下了深刻的印象。

羅倫斯與寇爾走出地下室後，跑腿男子瞥了兩人一眼，而兩人就這麼爬上一樓。

跑腿男子想必全都聽見了，也可能會向基曼報告其中幾件事情。

儘管如此，羅倫斯還是不認為基曼能夠得到什麼有益的情報。

伊弗與基曼都是商人，而商人比任何人都不相信從口而出的話語。

因為商人真正的對話總是不存在於話語之中。

「有聊到有意思的話題嗎？」

回到基曼所在的房間後，臉頰沾著墨水、埋首於羊皮紙的基曼頭也沒抬地問道。

「是啊。因為伊弗小姐是個能言善道的人。」

基曼振筆疾書在紙張最末端簽上名字後，把紙張塞給緊跟在旁的手下，立刻著手進行下一封信件。

基曼或許是忙著在收集情報以及做事前交涉，其中也可能包含了恐嚇和懇求。

一個龐大體制擁有難以估計的力量。

然而，龐大的體制一旦想改變方向，就會碰上出乎意料的困難。

「我負責仲介的交易取消了嗎？」

基曼似乎是用盡全力在讀信，並寫下回覆。聽到羅倫斯的詢問後，他突然停下動作。看得出來羅倫斯提出的問題，至少是個會讓基曼動腦思考的問題。

「把麵包店老闆關在自己的店裡，然後去那家麵包店買東西；您不覺得這真的是一個非常神學性的問題嗎？」

「就算沒有人，只要有錢和商品，也能夠交易。」

「您說得確實沒錯。可是，現在必須確認麵包店裡是不是真的擺著麵包。的確，如果想要麵包，只要把麵包店老闆放回麵包店就好，但是誰知道麵包店老闆會不會對我們懷恨在心。當初我們就是因為聽到那家麵包店老闆跟其他店家買了毒，才會急忙把麵包店老闆押回來……」

「想要知道麵包店老闆買毒是為了殺老鼠，還是想在麵包裡下毒，只有在自己親口咬下麵包的時候，才會知道答案。」

隨著「唰」的一聲，基曼完成了手邊的簽名，這時他總算看向羅倫斯說：

「或者是，發現老鼠死掉的時候。」

在看清事態之前，先把可能讓局勢加速惡化的危險人物關起來。這種點子或許只有習慣掌控多數人的基曼才想得出來。

基曼之所以沒有為了確認事情真偽而拷問伊弗，想必是因為如果傷害了伊弗，將來可能會勒住自己的脖子。
不過，在面臨複雜的事態時，想得出只要斷絕問題根源就好的點子，可說是連赫蘿都可能採用的萬能仙丹。
「總之，那隻狼似乎很喜歡您的樣子，所以還是請您多加注意自身安全。當然了，我想您一定做了一定程度的自衛。」
基曼是在挖苦羅倫斯為了見伊弗一面，放話威脅過他這件事。
不過，如果現在告訴基曼，其實赫蘿根本沒帶著對基曼不利的文件，不知道基曼會露出什麼樣的表情。
這麼一想後，羅倫斯臉上也就能夠很自然地浮現笑容說：「謝謝您的關心。」
「那麼，送客吧。」
基曼一副彷彿在說「交談到此結束」似的對著跑腿男子說道，然後重新提起筆寫信。
男子恭敬地點頭後，帶著羅倫斯兩人走到正面出入口。
客人前來拜訪後，一定要讓他們離開。
如果前來時的人數與離開時不符，就表示該處一定發生了什麼事件。
「你最好給我記住！」
彷彿被巨大門縫吐了出來似的走出外頭之前，跑腿男子如此罵道。

羅倫斯還來不及回答，大門已經發出「叩」的一聲關上了。

兩名士兵以斜眼偷看著羅倫斯。

羅倫斯刻意一邊重新豎起衣領，一邊說：「守衛工作辛苦了。」

羅倫斯兩人離開教會後，沒有前往旅館，而是來到專門製造小刀或馬具的工匠街，並轉入了某個小巷子。依工房規模不同，有的工房一星期會鍛造出多達四十或五十支的小刀，就算到了距離這個城鎮很遠的地方，也可能看見刻上該工房名稱的小刀。

羅倫斯與寇爾沉默地走在工房林立的小路上。

羅倫斯在思考事情，而寇爾好像也不想說話的樣子。

如果過著窮困的旅行生活，就算不願意，也會碰上有人死去的時候。有的人可能會生病、飢餓、衰老，或是受傷、遇到意外。不管怎樣，這些人因此踏上死亡之旅的狀況並不稀奇。

即便見識過這樣的場面，寇爾到現在還是一直板著臉。想必是因為伊弗即將踏上這條路的事實太過異常，讓寇爾覺得難以接受。

「你在生氣啊？」

聽到羅倫斯這麼問道，寇爾猶豫了一會兒後，搖了搖頭，但最後終於一副放棄隱瞞的模樣點了點頭。

「我們之所以會參與這件事情，其實只是因為我和赫蘿的任性。所以就算退出，也不會有人責怪我們。」

羅倫斯也向寇爾說明了會伴隨危險的可能性。

然而，寇爾這回立刻搖了搖頭，然後抬起頭說：

「如果只要我閉上眼睛，就不會發生不合理的事情，那我願意這麼做。」

這是與羅倫斯和赫蘿不同的第三種見解。

羅倫斯點點頭看向前方後，寇爾也做出同樣的動作。

即便如此，寇爾似乎還是難以正視現實。

「伊弗小姐……應該會……獲救吧？」

就算商人很喜歡打如意算盤，還是有很多事情無法輕易給予承諾。

對於寇爾的詢問，羅倫斯給了這樣的答案：

「至少我是打算這麼做。」

這種回答也可以說是在逃避追問，而事實上，羅倫斯也真的有那麼一點想要逃避的意思。

伊弗說過自己能夠獲救的唯一可能性。

那就是雷諾茲用自己準備的資金，並且為了自己或北凱爾貝利益而打算購買一角鯨的時候。唯獨在這個時候，整件事才能夠以一場單純的商品買賣收場。

在那之後，想必基曼等人會像只要稍有風吹草動，就會繃緊全身神經屏息聆聽的小偷般慢慢重新展開行動，一件一件地進行事後處理。

然而，通往唯一可能性的路上沒有半盞明燈，眼前更是一片黑暗。

只要往雷諾茲的屋簷下一看，就算不是居住在凱爾貝的居民，也能夠明顯看出他荷包乾癟成什麼模樣。

這個可能性只有千分之一，或是萬分之一。

「光是銅幣箱子事件……果然還是不夠嗎？」

銅幣箱子事件是指寇爾所發現的那件事。亦即利用南下羅姆河的銅幣箱子數量不同，藉此賺錢的秘密手段。

雷諾茲參與了銅幣的進出口交易，並且針對相同數量的銅幣，在南下河川時把箱子數量減少，等到要出口到海洋另一端時，再增加箱子數量。這已是無庸置疑的事實。

「就算採取這種手段，也只能讓雷諾茲利用『照箱子數量徵收關稅』的規則逃稅而已。不可能讓雷諾茲存到足以買下一角鯨的金額。」

「……」

寇爾微微低著頭，像是在鬧彆扭似地慢慢陷入沉思之中。

思考一件事情時，就會看不見其他事情；羅倫斯知道這是自己的壞習慣，但看見眼前有個更明顯的例子後，就會變得難以犯下這樣的錯誤。

羅倫斯輕輕頂了一下寇爾的頭，然後輕聲說：

「嗯，運用智慧也是很重要的事情，但是……」

「咦？」

「首先要做的事情是保護自己。因為我們一腳踏進的洞穴，就是這麼危險的地方。」

羅倫斯推了推寇爾的背，並加緊腳步，寇爾在理解羅倫斯的意思後，隨即邁步跑了出去。

寇爾的個性太直率了。如果事先說明了一切，在來到這裡之前，寇爾肯定會掩飾不了自己的緊張。

以工匠居住的地區來說，鍛造工匠們設置工房的地區的道路算是相當寬敞。這是為了搬運工匠鍛造時所用的沉重材料，而路面也鋪蓋得十分堅固。如果要在蜿蜒曲折、路面到處放了東西的小巷子奔跑，一定是當地居民比較熟悉巷弄的構造。

但如果是路面平整、容易奔跑的道路，就會是以旅行度日的人跑得比較快。

寇爾撈起長袍下襬，勇敢地跑著。

「別跑！你們給我站住！」

在街上經常會看見商人追趕小偷的光景，但是大白天在街上看見商人被暴徒追趕的光景，就很稀奇了。

原本全神貫注地在敲打或研磨小刀、長劍、剉刀、釘子、湯匙或鍋子等物的工匠們，一臉不明所以地抬起頭看。

綁匪要是被人看見面貌，那就沒戲唱了。

羅倫斯與寇爾拖長著白色氣息，不停穿越著工匠街，而追兵的蹤影很快就消失不見了。

不過，這不代表兩人甩開了追兵。

追兵們肯定是想要利用地利之便，繞到羅倫斯兩人前方。

寇爾像隻忠誠的牧羊犬，以眼神向羅倫斯請求指示，而羅倫斯當然已經做好了安排。

「差不多快出現了吧。」

羅倫斯這麼說的同時，一名矮小纖瘦的乞丐從前方的小巷裡走了過來。

「啊！」

寇爾話音未畢，羅倫斯等人已經衝進了小巷子裡。

乞丐一言不發地朝向小巷子深處跑去。

小巷子不同於方才一路跑來的道路，如果不是熟悉路況的人，根本無法在如此複雜的小巷子裡奔跑。

羅倫斯不知道自己在複雜的小巷子裡奔跑了多久。

就在額頭開始浮出汗珠時，乞丐總算停下腳步望向羅倫斯。

「哎，來到這裡應該沒問題了唄。」

赫蘿頭上蓋著向寇爾借來的破爛外套，雖然連她也變得喘吁吁的，但外套底下露出了臉頰泛紅、看似開心的表情。

或許追人與被追的互動，能夠激起赫蘿的狼性也說不定。

「看樣子，汝等應該見到了母狐狸唄。」

「她比想像中還要有精神。」

「那真是恭喜啊。不過……」

赫蘿說著探出頭，看向平常自己用來遮臉的長袍底下，確認寇爾的表情。

「看這表情，應該猜得出汝說的有精神是哪種有精神，對唄？」

糾纏在一起的線團解不開就算了，如果還不知道與什麼相連的話，就是放著不去動它，也會覺得礙事，而且只會帶來危險。

到了最後關頭，理所當然會丟棄這樣的線團。

赫蘿捏著寇爾的右臉頰莞爾一笑，並且把自己的臉頰揚得比寇爾還要高。

「雖然很執著，卻又很乾脆啊。」

「……妳其實沒有嘴巴說的那麼討厭伊弗吧。」

聽到羅倫斯的話語後，赫蘿別有含意地回以輕輕一笑，跟著用下巴指向北邊說：

「港口那邊一片混亂，就宛如煙火四起的戰爭一樣。」

「發生了什麼變化嗎？」

仍然被捏著臉頰的寇爾這麼發問。

雖然覺得對不起寇爾，但光是看見自己身邊有個慌張不已的人，就能讓羅倫斯冷靜下來。當事態不斷演變時，就算再怎麼焦急難耐、就算再怎麼如坐針氈，也只能耐心等待，否則就會錯過最佳機會。

不過，一旦發現了最佳機會，不管發生什麼事情，也必須牢牢抓住。

羅倫斯點點頭催促赫蘿繼續說下去。

「昨晚駝背駝得那麼厲害的那個……叫什麼雷諾茲的傢伙，真是個了不起的演員。那傢伙抬頭挺胸，好不威風地來到了這邊。一路遭受虐待過來的人很強悍，因為他們只要把自己受過的遭遇施加於對方就好。」

「他來交涉啊？還來到南凱爾貝？」

「那傢伙吵著說既然自己是客人，就應該讓客人看商品。雖然咱對這邊的傢伙沒什麼恨意，但看見那些傢伙慌張失措的模樣，還是忍不住笑了出來。」

羅倫斯忍不住與寇爾對看一眼。

既然雷諾茲吵著要看商品，當然猜得出來他們接下來會前往何處。

「憑汝等的耳力，果然聽不到啊。那些人的所在地，就在從這裡算起，隔了三條街的地方。」

「這表示雷諾茲真的帶了錢來嗎？」

赫蘿微微傾著頭，寇爾則是不管赫蘿怎麼對待他，都是看著遠方在深思。

寇爾的表情變得扭曲，幾乎在這同時，羅倫斯腦中也閃過一個念頭。

「雷諾茲先生有錢嗎？」

寇爾搶先一步開口問道。赫蘿在昏暗小巷子裡一邊四處轉動耳朵，一邊回答說：

「剛才那些傢伙還互相大聲吆喝。一方吵著要看商品，另一方則是吵著要看錢，在那邊吵來吵去的。這邊的傢伙們之所以會真的採取行動，是因為那個叫什麼雷諾茲的傢伙答應要讓他們看錢。」

「羅倫斯先生……」

「喔，可是……怎麼會這樣？到底是怎麼回事？」

赫蘿發出咯咯笑聲，肩膀還不停地晃動著。

這表示赫蘿放棄了思考。

那模樣彷彿在強調「永遠都是男人必須去解救被抓走的女人」似的。

「雷諾茲怎麼可能有錢。就算他以再快的速度取得協助，也需要花費時間搬運現金。雷諾茲果然一直藏著錢嗎？」

倘若如此，就沒辦法明白雷諾茲為何會一直忍到這場騷動發生，才打算把錢掏出來。

那些以基曼等人為首、獨斷專行的人們，可能會使得事態演變到不可收拾的地步。

而且，在追查狼骨傳言的過程中，羅倫斯也一直在思考一個問題。

大量現金就像一個擁有龐大身軀的巨人。

如果巨人移動了，不可能沒有人發現。

要怎麼做才能不被任何人發現，偷偷地存到足以買下一角鯨的現金呢？

城鎮商人有多麼陰險，羅倫斯早已有了切身體驗。

他們監視港口的狀況，對於什麼人每天交易多少種、多少數量的商品，幾乎都瞭若指掌。商品是擁有實體的東西，而擁有實體的東西一定會被人看見。

基曼等人會判斷雷諾茲沒有錢，就表示事實肯定是如此。

「咱不知道事情的來龍去脈。不過，想要掌握到事實很簡單。」

赫蘿輕輕伸展身子後，做了一次深呼吸。

她一副懷念過去似的模樣，瞇起眼睛看向不知何方，而她視線的盡頭肯定發現了雷諾茲等人的身影。

「有新動靜。那些傢伙應該是打算前往教會。」

「為什麼？他為什麼有錢？到底是誰的錢!?」

基曼和伊弗都在教會裡。

當提著錢箱的雷諾茲等人大舉闖進教會時，究竟會上演一齣什麼樣的喜劇呢？

不管是什麼錢，錢就是錢；這句話可不是隨隨便便什麼狀況都適用。

這些錢是什麼錢？從什麼地方來？屬於什麼人？屬於什麼性質？這些都非常重要。

基曼等人肯定也陷入了恐慌。

那些準備湮滅證據的屬下們，此刻肯定就像準備從即將沉船的船上逃跑的老鼠一樣，抱著重要信件從後門逃跑出去。

如果伊弗被關在地下室的事實被發現，誰會最感到困擾呢？

不用說也知道是基曼，以及他的上司迪達行長。

雷諾茲不可能沒發現伊弗與基曼的密約。

而且，雷諾茲也是提供北凱爾貝地主們建言的中心人物，所以肯定也掌握到了伊弗忽然消失的情報。

有了這麼多情報後，只要稍微動腦思考一下，就能夠立刻猜出伊弗在哪裡。

接下來，雷諾茲只要選擇要讓對方掉進什麼樣的陷阱就好了。

被逼得只能防守的基曼等人當然只能選擇逃跑。

伊弗現在肯定也被拉出地下室，被迫在小巷子裡奔跑吧。

然而，除了己方之外，一定也有人會派出密探，也會四處派人監視。會有幾個傢伙像瞎了眼一樣，沒發現如基曼和伊弗這般重要的人物呢？

如果逃跑時被發現，就更難找藉口了。

所謂四面楚歌，就是指這樣的狀況。

「羅倫斯先生，這樣下去伊弗小姐會有危險！」

寇爾抓住羅倫斯的肩膀，大聲哀叫著。

基曼等人已經沒有時間了。

他們已經沒辦法確認雷諾茲帶來的錢是誰的錢。

這麼一來，基曼為了保住自身性命，會做出什麼樣的選擇呢？

答案非常簡單。

基曼只要與口徑依舊一致的人們團結起來就好。

這時候伊弗可能也在其中嗎？這樣的可能性幾乎等於零。

「有三條路可走。」

小得如豆子般的火把火焰閃過小巷子前方。忌諱被尊稱為神明、寄宿在麥子之中的狼之化身瞇起眼睛，她看向火把的火焰說道：

「一條路是放棄。一條路是求助於咱。另一條路是……」

「抱著碰運氣的想法去教會看看。」

赫蘿的表情化為不帶笑意的笑臉。

「去了之後……您打算怎麼做呢？」

「有些事情是船到橋頭自然直。情況危急的時候，詭辯是最有用的東西。既然沒辦法證明是不是事實，現場能提出最讓人無法反駁的意見的人，就是贏家。」

「只要說服得了叫什麼基曼的人，或許能夠救母狐狸一命。」

寇爾的眼睛眨也不眨，來回看著赫蘿與羅倫斯，想必是直覺告訴他這是一場他根本不想看的戲碼。

「真的有這個可能性嗎？」

羅倫斯不敢直視寇爾的眼睛。

隨著年齡增長，別說是學會敷衍他人，就連敷衍自己也會。

「就算沒有，也要設法讓它有。」

「那是不可能的！」

「並非所有難題，都找得到令人滿意的答案。」

聽到赫蘿這麼一句話，寇爾的眼睛像融化了似的湧出淚水。

「那麼、那麼，只要赫蘿小姐——」

「在聚集了那麼多人的情況下跳進去，能保證每個人都平安無事嗎？」

羅倫斯盡量以壓抑的語調對著赫蘿說道。

聽到羅倫斯的話語後，赫蘿輕輕搔了搔臉頰，然後歪著頭說：

「如果撞破那片彩色玻璃，那棟建築物也不會崩塌的話。或者是……」

羅倫斯想起朝向天際高高聳立的鐘塔。

東西堆得越高，就越容易失去穩定性，就像堆積木或疊磚塊一樣。

萬一建築物崩塌了，就算赫蘿再怎麼厲害，也無法保證一定能夠平安無事。更重要的是，到時候會有很多人被壓在瓦礫堆底下。

話雖這麼說，如果從正門入口處跳進去，又必須面對成排的無數長槍。

赫蘿並非神明。

她做不出只有神明才做得到的事。

「如果趁現在，咱們幾個想要逃跑，應該還不成問題唄。汝的族群裡面也會有好傢伙跟壞傢伙，並非所有人都是敵人唄？」

賭上這樣的可能性當然也是一種選擇。

基曼的企圖一旦曝了光，大家怎麼看也會認為基曼是主犯。
羅倫斯只是無法違背基曼，被迫聽命的可憐旅行商人。
到時候應該會有同伴這麼袒護羅倫斯才對。
「……」
寇爾一副垂頭喪氣的失望模樣，連眼淚也沒擦地垂著頭。
為了解救村落，寇爾隻身踏上前往南方的旅途。
除了個性必須堅強，還得擁有更多的體貼，才能一直保持這樣的決心。
伊弗之所以會以感到刺眼似的模樣凝視寇爾，還溫柔地待他，一定是寇爾的光芒溫暖了她。
「就算選擇再多，結果也永遠只會有一個。」
「既然如此，就只能挑選結果，而不是挑選選項，是唄？」
旅途中一定會遇到很多像是必須捨棄行李、捨棄賺錢機會，或是必須拋棄同伴或恰巧路過的受傷者等狀況。
有時候會遭人從後方拉扯頭髮，有時候則會遭人拉住衣角不放。
就這點來說，伊弗會是哪種反應呢？
羅倫斯想起伊弗說自己睏了，然後很乾脆地躺下來睡覺的身影。
伊弗應該早就隱約預料到事情會演變成這樣。

無論任何時候，選擇總是無限的。

然而，結果大多只會有一個。

逆轉劇本來就不是那麼經常上演的戲碼。

正因為合乎道理的結果難以顛覆，所以逆轉劇才會那麼罕見。

「要是雷諾茲有進出口金幣，狀況就不一樣了。」

「嗯？」

「如果用了寇爾發現的方法，或許能夠累積到相當多的資產。」

在風雪滿天的山中遇到狼群襲擊時，羅倫斯曾經丟下扭傷腳的同伴，衝進樵夫的小屋裡。

那天晚上大家都無法保持沉默，儘管沒有酒可喝，還是紅著臉頰不停說話。

「關稅頂多只有該商品價格的兩成到三成金額。話雖如此，如果是一箱金幣的兩成，金額還是很嚇人。不過，如果是金幣，一定會比銅幣更嚴格控管才對。所以不管怎樣，都不可能使用寇爾發現的方法。」

羅倫斯抱著寇爾的肩膀，並以眼神催促赫蘿後，走了出去。

如果想要逃跑，就必須趁一片混亂的這個時候。

「嗯。要是寇爾小鬼發現的手段是反過來的，那就好了吶。」

「反過來？」

聽到羅倫斯問道，赫蘿一邊跨過靠在牆壁上的木棒，一邊應了一聲。

「收到六十箱，然後送出五十八箱。要是得到兩箱裝滿整只箱子的銅幣，就賺大錢了唄？」

「嗯，是這樣沒錯……或者是說，收到六十箱，然後送出六十箱。」

「這樣哪有差別？」

「是嗎？南下河川時在箱子裡塞很多銅幣，但送出去時就少裝一些銅幣，然後利用這樣的方法把差額收進自己的荷包裡。這麼一來，每次就能夠得到比兩箱數量再多出一些的利益。不過，這樣的交易是建立在河川上游的德堡商行不得不虧損的前提下就是了。」

從事這種交易有什麼好處？

就在羅倫斯這麼想的瞬間——

「咦？」

寇爾驚呼一聲，抬起了頭。

羅倫斯之所以沒有因為寇爾突然的舉動而感到吃驚，是因為他的思緒也掉進了奇怪的地方。

「我剛剛好像說了什麼很奇怪的話喔？」

只有赫蘿一臉愕然，來回看著眼前的兩個男人。

羅倫斯回想著自己的發言。

他拚命地回想。

對雷諾茲而言，進出口銅幣的策略應該只能夠帶來少許利益才對。

只有在德堡商行或溫菲爾王國的客戶嚴重虧損的時候，雷諾茲才可能得到龐大的利益。

「銅幣這個商品的絕對數量是不會改變的。會變的只有裝銅幣的箱子數量、關稅，還有……還有？」

羅倫斯說不出卡在喉嚨的最後一句話。

明明是很理所當然的事情，自己卻不知道的這種感覺，讓羅倫斯感到不耐煩。

寇爾一副像有魚骨頭卡在喉嚨似的模樣，不停發出乾嘔聲。

當羅倫斯察覺到寇爾是因為太慌張而說不出話來時，解答也如閃電般在腦中爆發。

「是貨款！既然商品銅幣不能反過來，只要把貨款反過來就可以了！這樣德堡商行並不會有所困擾。因為——」

「只要所有計算在最後是一致的，就不會有問題。對啊，不會有問題的！只要想想雷諾茲從羅姆河上游接到了什麼命令，一切就真相大白了！這麼一來就能夠解釋雷諾茲為什麼擁有巨額資金，也找得到他遲遲不用這筆資金的理由。理由是存在的！」

羅倫斯三人在凱爾貝看到、聽到的所有事情，全串聯成了一條線索。

這條線索不但能夠說明雷諾茲為何能夠在短期間內，籌到足以買下一角鯨的資金，還能夠說明之前質疑的所有問題點。

資金確實是雷諾茲的。

就算雷諾茲背後有金主，那也是身在遠處、根本料也料不到會發生這種事情的人們。

這些人會在所有事情都落幕後，才獲知消息，也正因為如此，雷諾茲才會朝向教會進軍。

只要找到了光明正大的理由，不管發生什麼事情，大多值得原諒。

而且，如果能藉此大撈一筆，那更是大功一件。

明明不覺得有趣，羅倫斯的嘴角卻無法克制地往上揚起。

——開什麼玩笑！怎麼可能眼睜睜看著雷諾茲把利益帶走！

一切都來到雙手觸碰得到的範圍了。

伸手的機會只有這個瞬間！

「走了！」

說著，羅倫斯跑了出去。這時——

「喂，妳在做什麼——」

在羅倫斯回過頭大聲吆喝的同時——

「咱不去。」

赫蘿佇在原地，臉上掛著笑容說道。

「……都這種時候了，妳還在說什麼!?沒問題的，這不是我們的一廂情願，而是確實合乎道理的想法！」

聽到羅倫斯的話語後，赫蘿搖了搖頭說：「咱不是這個意思。」

「那……」

羅倫斯沒有繼續說出「是什麼意思」。

「咱不想看見汝在其他雌性面前表現的樣子。」

赫蘿一邊像個少女一樣難為情地笑著說道，一邊吐出舌頭。

真不知道赫蘿在哪裡學會這樣的舉動。

羅倫斯只能笑出來。

他不但只能笑，也知道赫蘿是刻意要逗他笑。

「真是被妳打敗了，我都不知道要說什麼了。」

「嗯。這樣汝就可以丟下咱跑去了唄？」

羅倫斯閉上眼睛，然後用力吸了口氣。

伊弗說過的話意義深重。

回來接赫蘿時，只帶著花束是不夠的。

「寇爾。」

「是，請放心交給我。」

寇爾還掛著淚痕的臉上露出笑容，那是發自內心的笑臉。

看見寇爾用力握住赫蘿的手，羅倫斯沒有忌妒，反而感到安心。除了寇爾之外，沒有人能夠讓羅倫斯有這般感受了。

「呵。換成這樣也不錯吶。」

赫蘿笑著說道，然後輕輕嘆了口氣。

「喏，快去唄。雖然那些傢伙像參加祭典的遊行一樣走得慢吞吞的，但也快到了唄。」

聽出赫蘿話中的意思後，羅倫斯轉身跑了出去。

羅倫斯當然知道在黑暗小巷子裡回頭，是多麼危險的行為。

然而，他還是回過了頭。

羅倫斯看見赫蘿與寇爾一起揮著手。

只要能夠看到這一瞬間的景象，就足夠了。

這麼想著的羅倫斯跑了起來。

他毫不停歇地朝著教會跑去。

從小巷子衝出教會前方後，呈現在眼前的，是一片異樣的熱鬧光景。

夜幕垂下後，只要是規規矩矩的鎮民，都會在家中享受晚餐。

只有商人們知道教會接下來即將上演什麼好戲。而這些商人們儘管個個受到好奇心煽動，但為了避免事後惹上麻煩，還是圍在遠處觀察事態演變。

這時，教會前方的人牆圍成扇形，他們清出大片的空間，等待著雷諾茲一行人的到來。

用暴風雨前的寧靜來形容這片光景，真是再恰當也不過了。

在這股寧靜之中，羅倫斯越過寬敞的走道，準備直接衝進教會裡。

「……」

一時之間，不論是士兵們還是身為觀眾的商人們，似乎都不知道發生了什麼事。他們或許以為羅倫斯是雷諾茲派來的正式使者。

所有人只是把視線投向奔跑中的羅倫斯，沒有人採取行動，直到羅倫斯衝進教會後，後方總算傳來一名士兵怒罵的聲音。

羅倫斯當然不可能停下腳步。

在為了迎接雷諾茲等人而大門敞開的教會裡，羅倫斯毫不猶豫地向右轉後，朝向迴廊最深處奔去。

掛在牆上的燭光照明下，可看見迴廊深處有零零散散的掉落物，那些想必是搬運途中掉落的信紙。

看見基曼所在的房間房門半開，羅倫斯毫不猶豫地打開房門後，發現房內不見任何人。

羅倫斯這時之所以有種腳步沒踩穩般的感覺，是因為眼前的光景告訴他事態進展得太快了。

——一定要趕上！

羅倫斯在心中這麼吶喊，並再次跑了出去，跟著來到通往地下室的階梯前方。

地下室裡流瀉出燈光。

雖然這代表著地下室裡有人，但安靜得令人害怕。

羅倫斯抱著祈禱之心走下階梯。

然後，或許是聽到了腳步聲，那名男子從下方走了上來。

看見那名男子的衣服沾著血跡，羅倫斯感覺到頸部的寒毛豎起。

「你、你這小子——」

對方的身材矮小、階梯陡斜，加上羅倫斯的位置在上方，這一切都發揮了作用。

羅倫斯的指尖陷入了男子的臉，男子頭部撞上牆壁發出悶響後，就這麼沿著牆壁滑落，最後坐倒在地。

不知不覺中，羅倫斯手中已經握著銀製小刀。

羅倫斯繼續奔跑，跟著用力撞開鐵門，衝進地下室。

地下室裡的光景呈現在羅倫斯眼前。

羅倫斯使出全身力量大喊：

「請等一下！」

現場除了一人之外，所有人都驚訝地縮起身子。

基曼先回過頭後，負責監視的男子接著看了過來。

男子粗壯的手臂裡，露出伊弗空洞的表情。

或許是為了防止伊弗掙扎，男子將伊弗的雙手反綁在後方，也綁住了雙腳。

男子之所以沒有選擇以砍頭的方式殺害伊弗，想必是擔心事後的血跡處理。

「請等一下！沒有必要這麼做！」

羅倫斯發現男子的視線移向基曼，並開始放鬆手臂力量。

伊弗還沒死。

羅倫斯做出這個判斷的同時——

臉上失去表情的基曼甩動一頭亂髮，撲向羅倫斯。

「是誰給的點子!?是跟誰拿的錢!?快說啊！旅行商人！」

身上找不到一絲冷靜的基曼揪住了羅倫斯的胸口，羅倫斯望向他伸出的手，看見基曼的大拇指指甲變得破裂不堪。

這樣的基曼已不是羅倫斯的對手。

羅倫斯壓低上半身，在全力奔來的基曼撲上來的瞬間，用兩手抱住基曼的腰部，然後用力扭轉基曼的身軀。

一時之間基曼肯定分不清哪裡是天、哪裡是地。

「咕！」

發出如青蛙被輾碎時的叫聲後，基曼在羅倫斯身下無力地掙扎。

「請放開伊弗小姐！馬上！」

羅倫斯騎在基曼身上，用小刀頂著基曼的喉嚨說道。

男子對伊弗並非心懷恨意，也不是不習慣處理這類事情的人。

接下來就要看男子如何斟酌自身的損益了。看見羅倫斯的視線片刻不離地停留在基曼身上，男子似乎認定大勢已去。

羅倫斯在視線角落看見男子鬆開手臂，並輕輕舉高雙手。

「還有呼吸嗎？」

聽到羅倫斯的詢問後，男子給了「她只是剛剛暈過去而已」的回答。

一個熟悉如何勒人脖子的人，知道在讓對方失去意識後，就能輕易地勒死對方。至於被勒住脖子的人能夠撐多久，就必須看個人的體力了。

「區區……一個旅行商人……」

可能是意識跟上了現實的腳步，也可能是在背部受到強烈撞擊後，暫時無法呼吸的症狀總算消除，基曼看似痛苦地說道，然後只張開一隻眼睛瞪向羅倫斯。

「只要伊弗小姐還活著，我就跟您分享一個好消息。」

「到底是怎麼回事？」

男子拍了拍伊弗的臉頰後，隨即傳來短短一聲呻吟。

伊弗沒有死。得知曾經試圖殺害自己的人還活著，能夠打從心底感到高興的事實，讓羅倫斯感到不可思議極了。

想必是聽見了遠方傳來大群人走進教會的聲音，基曼依舊是一臉痛苦。這裡會不會被人發現，伊弗會不會被拉到雷諾茲面前，已是時間早晚的問題。

「錢是雷諾茲先生自己準備的。」

「那怎麼可能！」

儘管喉嚨被人用小刀頂住，基曼還是險些挺起身子。

可見羅倫斯說出的事實有多麼讓人難以置信。

不過，雷諾茲確實是自己準備了資金。

這是唯一的可能。

「我是個旅行商人，光是為了自己的利益而行動，就夠我忙的了。因為我與雷諾茲先生的利害關係對立，所以不能讓他帶走利益。」

基曼露出訝異的神情。

羅倫斯能夠明白基曼無法理解的原因。

這時羅倫斯第一次從基曼身上挪開視線，轉而看向伊弗。

「……你……發現了什麼……」

沙啞的聲音傳來，聲音的主人是在男子攙扶下挺起身子的伊弗。

一個剛從鬼門關回來的人，剛開口竟然就是這麼一句話。

「當初我是為了追查狼骨傳言，才來到這個城鎮。」

羅倫斯將察覺到的事情全盤托出。

憑基曼和伊弗的才能，一定能比羅倫斯更加確信整件事情的真偽。

這時——

「羅倫斯先生，請您讓開。」

基曼看著天花板，靜靜地說道。

伊弗臉上也浮現淡淡笑容。

羅倫斯之所以乖乖照辦，當然是因為基曼與伊弗是才能遠高於他的商人。

「能成功嗎？」

羅倫斯收起小刀問道，基曼一邊站起身子，一邊咳嗽，然後撫順頭髮，並重新豎起衣領。

「當然一定要成功。」

說著，基曼把視線移向方才打算奪走對方性命的對象，若無其事地這麼說：

「不過，前提是她必須不背叛我們就是了。」

「怎麼會呢！畢竟好像又有賺錢的機會嘛。」

伊弗一邊反覆做出張開又握住拳頭的動作，一邊刻意地摸著自己的脖子。

「雖然我好像覺得神明的臉跟爺爺有點像，但還是下次再確認好了。」

「也要先賺到去天國的旅費嘛。」

一旦採取行動，基曼他們的效率可是高得驚人。

羅倫斯之所以覺得他們可靠，是因為體驗過他們的力量箭頭朝向自己時的恐懼。

伊弗就像個在教會復活的人一樣，用虔敬的語調開口說道：

「啊～商人真是一群腦袋有問題、罪孽深重的人。」

奇妙的一群人走進了教會。

在雷諾茲的帶頭下，恭恭敬敬地抱著像是錢箱的人們，接二連三地排隊湧入。

雖然這簡直像新娘子帶了嫁妝前來，但雷諾茲帶進神聖教會裡的不是嫁妝，而是金光閃閃、彷彿想與神之威光對抗似的金幣。

以箱子的大小來看，每只箱子大概裝了一百枚金幣。

目測計算後，共有十五只箱子。

祭壇前方擺放著一角鯨，而這些箱子就怕別人沒看見似的，被堆放在一角鯨的正前方。雷諾茲則趾高氣昂地站在箱子前方。

既然雷諾茲站上了只有主教或祭司能夠站立的位置上，就表示坐在一般信徒座位四周的，是南凱爾貝的有力者們。

以進行交易來說，憑這些大商人的能耐，從事金額達千枚金幣的交易並不稀奇。

然而，如果是現金交易，狀況就不同了。

商人們會以口頭約定或在羊皮紙上進行交易，是因為現金是如寶石般珍貴且稀少的存在。

因此，企圖囤積大量現金時，肯定會有人察覺；而如果是收集金幣，兌換商們的帳簿上不可能沒有留下記錄。說不定當中還會有人在朦朧燭光的照射下，坐在椅子上向神明祈禱。

雷諾茲的奇襲可說相當完美。

「好了，我已經配合您們的要求帶來了金幣！這裡是神明所在的神聖之地！一定要遵守約定才行！」

凸起的腹部、鬆弛的臉頰。

坐在散發出荒郊氣氛的商行時，這兩樣象徵讓雷諾茲顯得窮酸，沒想到換了場地和立場後，卻反而讓他散發出如此巨大的威嚴。

雷諾茲彷彿在表演畢生大戲似的嘹亮聲音，此時也顯得氣勢十足。

「我以珍商行第二代主人的身分，在此宣佈進行將在商行歷史留下記錄的交易！」

可能是被雷諾茲的聲音嚇到，也可能是受到緊張氣氛的影響，一角鯨在棺木裡動了一下身子，水花濺起的聲音隨之響起。

聖堂一下子變得鴉雀無聲。

羅倫斯從設在迴廊上的門縫挪開視線，回到流瀉出燭光的房間。

雷諾茲率領的一行人抵達教會後，一名自稱是迪達行長屬下的男子立刻前來尋找基曼等人，但基曼毫不畏怯地趕走了男子。

如果接下來的計畫失敗，基曼不管怎樣都必須負起責任，而成功的話，迪達行長也只能保持沉默。

不過，羅倫斯倒是一點都不擔心。

因為基曼與伊弗兩人正一起在製作用來攻擊雷諾茲的武器。

一個商人一旦與這兩人為敵，還有可能平安無事嗎？

想到在祭壇前方意氣風發的雷諾茲，羅倫斯還是不禁有些為他感到心痛。

「我能想得到的，大概就是這些了吧。」

「就算加上關稅、運費，再加上遮口費，也差不多是這個金額吧。我曾經看過德堡商行的店面，以這般規模的金額來說，德堡商行應該藏得住吧。」

基曼精通於羊皮紙上變動的文字和數字，伊弗則是掌握了所有的管道，只要經過這兩人的分析，一家商行做了哪些交易根本無所遁形。

對於用馬車載著貨物進行買賣的旅行商人來說，這樣的光景實在是太恐怖了。

「羅倫斯先生，聖堂那邊的狀況如何?」

「一切都在預料之中。雖然雷諾茲先生擺出咄咄逼人的態度，一再地催促對方，但南凱爾貝當然不可能立刻給予答覆。應該會拖上一陣子時間吧。」

羅倫斯沒有參加兩人的作戰會議，而是當個負責報告的手下。

雖然如此，羅倫斯卻沒有因此感到不開心，這連他自己都覺得很不思議。

「那麼，就趁這個機會行動吧。」

基曼這麼做出決定後，伊弗點了點頭，而羅倫斯當然也點了點頭。

伊弗與基曼想要獨占一角鯨的計畫，恐怕已經無法繼續進行下去。

即便如此，還是有辦法從中獲益。

簡單來說，就是讓伊弗與基曼原本打算互分利益的一角鯨交易，加入雷諾茲這個第三者。

至於雷諾茲的參與是任意，還是強制，不用說也知道答案是什麼。

「喏！這是你最後一件任務。」

由於等不及墨水變乾，羊皮紙上灑了沙子。伊弗捲起羊皮紙後，遞給羅倫斯說道。

聽到伊弗輕浮的語調，基曼一副不好意思的樣子笑了笑。

伊弗臉上沒有浮現笑容，而羅倫斯覺得自己能夠明白她沒笑的原因。

只是，羅倫斯沒想到從伊弗手中收下羊皮紙時，伊弗會親口說出原因：

「其實我是想在河上跟你見面的。」

「……我比較喜歡在陽光底下送妳出發。畢竟妳是在交易上打敗了我的勁敵啊。」

伊弗瞇起了眼睛，沒有再多說什麼。

至於一旁的基曼，似乎明白如果繼續進行原本的一角鯨交易，會招致什麼樣的結果。

他一邊露出苦笑，一邊一副感到疲憊的模樣歪著頭。

「那麼，請稍候一下。」

羅倫斯留下這麼一句話走出去後，看見跑腿男子站在基曼等人聚集、設在迴廊上的房門口。

跑腿男子依舊用帶有恨意的目光瞪了羅倫斯一眼。

羅倫斯事後聽說了跑腿男子衣服上的血跡，是在捆綁伊弗時被踢了鼻子而留下的血跡。

儘管如此，羅倫斯還是忍不住露出做生意用的笑臉回應男子。羅倫斯告訴自己一定是與男子天生個性不和，隨即便沿著迴廊走去。

迴廊上的各處燭光底下，都有幾個人聚在一起低聲談論著各種事情。

這些人不知道是臨到此時還有什麼企圖，還是純粹互相在協議今後該如何安排。

不管這些人的目的為何，在教會莊嚴聖堂裡進行的儀式化行為，都將因為羅倫斯手上拿的羊皮紙而完全顛覆。這樣的事實讓羅倫斯很自然地高高挺起了胸膛。

此刻的主角是羅倫斯。

羅倫斯向站在最接近祭壇的房門前守衛的士兵說明事由，然後走進聖堂。正因為自覺是主角，他這時才會很自然地弓起背部，露出奇特的表情。

聖堂裡被莫名的喧鬧聲籠罩著，全場只有雷諾茲一人露出無畏的笑容，斜眼看著這般光景。

「雷諾茲先生。」

羅倫斯鑽過人牆來到祭壇前方後，出聲呼喊著雷諾茲。

雷諾茲不可能不知道自己與羅倫斯的關係。

即便如此，回頭看向羅倫斯的雷諾茲，還是裝出一副遇到老朋友的開心模樣，露出誇張的笑容說：

「這真是太教人驚訝了！您怎麼會來到這裡呢？」

雷諾茲的表演水準也是一流的。

他確實不是用普通方法就能夠應付的商人。

「喔，是這樣子的，有位小姐托我帶信給您。」

雷諾茲沒有花費多少時間，就明白了是伊弗寫的信。

「這樣啊……」

接著，雷諾茲臉上迅速化為與燭光相襯、慾望薰心的醜陋表情。或許雷諾茲是覺得自己這下子能夠省下麻煩。因為他應該會需要與伊弗合作，才能方便運用其資金。

「聽說是交易的提議。」

羅倫斯遞出懷裡的羊皮紙後，雷諾茲展露燦爛不已的笑容。

很明顯地，在現在這樣的狀況下，雷諾茲能夠隨意利用伊弗。

雷諾茲像個準備拆開情書的少年一樣，迫不及待地拆開羊皮紙。

然後，羅倫斯看見了雷諾茲看了羊皮紙內容的表情，並且為自己沒有暗自竊笑而感到驕傲。

「聽說雷諾茲先生您好像從事很多商品的買賣，所以她非常希望能夠有機會為您整理帳簿。屆時我所隸屬的公會也會為您安排查帳專家。」

「……啊……啊……」

「我知道您有買賣銅幣，也掌握到了證據。您向德堡商行採購五十八箱的銅幣，然後送六十箱到溫菲爾王國。剛開始我還以為您是為了逃避關稅呢。」

羅倫斯每在雷諾茲耳邊低語一句，雷諾茲臉上的汗珠就隨之一滴滴滑落。

那模樣就像因為羅倫斯的氣息太熱，而快要溶化的蠟像。

「您並不是利用逃避關稅的方式來賺小錢，而是與德堡商行合作，把大量資金移動到河川下游來。」

依銅幣的放置方式不同，裝進箱子裡的銅幣數量就會有所變化。

雷諾茲採用的秘密資金移動法就是利用了這種小伎倆。

「您向溫菲爾王國收取六十箱的貨款後，再支付五十八箱的貨款給德堡商行。如果只針對各別的交易來看，這些交易在帳簿上確實完全成立。不過，箱子裡裝的銅幣數量與支付金額是否吻合，若是光看帳簿，是無法得知的。」

臉色變得如白紙般蒼白的雷諾茲，只轉動瞪大的眼睛看向羅倫斯。

「不過，把進出口拿來比較看看後，就會發現每次的兩箱差額都留在珍商行，沒錯吧？然後，這樣的方法也能夠應用在其他很多交易上。」

這是寇爾告訴羅倫斯這個謎底時，羅倫斯說過的話。

因為這個方法能夠用在太多商品上，所以人們才會懷疑他人是否使用了這樣的方法。就像世上有太多蠢蠢欲動的人，所以人們不會覺得只有自己是主角一樣。

「好比說銅塊、鉛塊、錫塊、黃銅或是這些材料的加工品，只要是規格相同的圓形物，都能夠應用。聽說樂耶夫地區是資源豐富的礦山，一定採得到各式各樣的礦物吧。」

「不……不是啊。」

「您是想說如果只是暗地裡移動資金，就不會有問題嗎？不，應該不是這麼回事吧？還是需要請我們商行的人去一趟德堡商行呢？當我發現您在進行不法交易時，第一個念頭就是懷疑您在逃避關稅。因為稅金這東西真的太重要了。那麼，如果德堡商行不想繳稅的話，您說會發生什麼事呢？」

雷諾茲的臉像小孩子起痙攣似的發起抖來。

一石二鳥。

想出這個點子的人肯定曾經這麼說過。

「德堡商行也可以利用與您的交易來逃稅。與珍商行每進行一次銅幣交易，德堡商行的帳簿上就會喪失兩箱銅幣的利益。如果沒有獲利，當然不會被課稅。那麼——」

就在羅倫斯停頓下來，用力咳了一聲的瞬間——

「你想怎樣？你要多少錢？說說看啊，你的目的是什麼？」

儘管失去了冷靜，雷諾茲似乎還懂得不能大聲說話的分寸。

為了讓雷諾茲恢復冷靜，羅倫斯把手搭在他肩上，露出可掬的笑容說：

「我只是個手下而已。這方面的交涉……」

然後，羅倫斯稍微回過頭，他一邊看向人牆後方的迴廊出入口，一邊說：

「請與那邊的人討論。」

「……」

雷諾茲之所以沒有當場癱軟下來，或許是憑著他僅存的一點點虛榮心。

如果對方是能夠懷柔或收買的對象，那事情還好辦。

然而，在通往迴廊的出入口等待著雷諾茲的，是甚至有辦法以笑臉殺死人的守財奴。

「那麼，我先告辭了。因為我只是一個來收集狼骨情報的旅行商人而已。」

羅倫斯留下這句話後，轉過身子走了出去。

穿過基曼與伊弗之間時，羅倫斯與兩人輕輕握了手。

憑這兩人的能耐，肯定能好好修理雷諾茲一頓。

他走在微暗的迴廊上，穿過露出奇妙表情聊著天的商人們。

羅倫斯不是英雄。

也不是偉大的商人。

他沒辦法站上舞台正面，也沒有能夠隨意操控的人脈。

走出教會正門口來到外面後，羅倫斯發現天色已全黑，身後的火把照出了長長的影子。

他回頭一看，看見教會這棟威風凜凜的建築物在底下的光線烘托下，居然顯得有些恐怖。

羅倫斯走下石階，混進前來觀看教會騷動的人牆之中後，繼續往前走去。

他不確定自己要尋找的人是否就在那裡。

儘管如此，他還是決定要去。

那是一棟外觀一點也不特別的建築物。

羅倫斯穿過敞開的大門走進建築物後，爬上有些嘎吱作響的階梯來到三樓。

雖然眼睛還沒適應黑暗，所以走廊顯得有些昏暗，但還是勉強看得見房門的位置。

羅倫斯站到房門前，緩緩敲了兩次門。

門後傳來動靜後，房門立刻打了開來。

燭光和食物的香味隨之流瀉出來。

這是獨自到處行商旅行時從未有的經驗。

這幾天的日子真是忙得團團轉。

即便如此，羅倫斯還是面帶笑容地這麼說：

「我回來了！」

赫蘿與寇爾則是這麼回答：

「歡迎回來！」

然後，房門慢慢地關上了。

終幕

羅倫斯不知道基曼與伊弗在那之後，硬塞了怎麼樣的難題給雷諾茲。

不過，他本以為雷諾茲與南凱爾貝之間的一角鯨交易會陷入難局，沒想到一下子就有了定案。從這點看來，想必是羅恩商業公會也參與了交易。

形式上，這筆交易仍是由雷諾茲購買一角鯨，但以不說出雷諾茲的資金來由以及德堡商行的逃稅為條件，要求透過羅恩商業公會把利益回歸給南凱爾貝。

如果羅倫斯猜得沒錯，應該就是這麼回事。

為了讓北凱爾貝的地主們接受，伊弗或許當了仲介人，將利益直接分給了地主們也說不定。

雖然根據鎮上的狀況，羅倫斯只能做出這樣的判斷，但羅倫斯並不想知道事實，也沒有必要知道。

羅倫斯以基曼手下的身分工作，以及差點與伊弗合作的事實都不被追究，也獲得無罪釋放，所以沒什麼好擔心的。

而且，從隔天的午餐開始，桌上每餐都擺了滿滿的美食佳餚。

是誰付了餐費呢？這問題當然也沒必要多問了。

「那咱們的下一個目的地是哪兒呢？」

赫蘿一邊咀嚼沒有必要用刀子切成小塊，也沒有必要用牙齒咬斷的牛肉，一邊說道。
寇爾則是因為食物太過高級，而吃到噎著了。
「去哪好……嗯？這個好吃。這什麼肉啊？」
羅倫斯也不禁變成了高級料理的俘虜。
聽到羅倫斯隨隨便便的回答，赫蘿發出彷彿能夠射穿人似的目光瞪向他。
「伊弗應該會派人來通知從雷諾茲那裡打聽到的狼骨情報。交給她不會出差錯的，放心吧。」
「哼！不是只做了口頭約定嗎？」
說罷，赫蘿大口咬下油炸得相當酥脆的魚頭。
這裡不愧是沿海的港口城鎮，桌上也準備了滿滿一碗鹽巴，而灑上大量鹽巴的油炸魚頭，似乎好吃得讓人受不了。
赫蘿一口又一口地咬著魚頭，轉眼間就把整顆魚頭吃個精光。
「妳不是也知道口頭約定的重要性嗎？」
赫蘿聽了沒有回答，而是像隻貓咪一樣舔著自己的手。
「不過，我猜呢，可能有必要越過海峽吧……」
「越過大海？」
認真考慮著該不該吃蝦頭的寇爾抬起頭這麼詢問。

「畢竟對岸的島國都在進口貨幣了，那邊一定有一大堆採買各種東西的行家。」

聽到羅倫斯的說明後，寇爾露出似懂非懂的表情，並準備把視線移回手中的蝦子。這時赫蘿從寇爾手中奪走蝦頭，很快地吃掉了。

咬碎蝦殼的清脆聲音傳來。

比起蝦頭被人搶走，赫蘿吃蝦頭的舉動似乎更讓寇爾感到驚訝。

「蝦頭可以吃，而且很好吃。」

「咦？」

寇爾聽了要是露出充滿恨意的表情，或許赫蘿也會感到開心，但看見寇爾露出難過的表情，就是賢狼也得甘拜下風。

「唔。」儘管有所不滿，赫蘿還是不得不縮回原本打算再拿取蝦子的手。

「不要搶食物。」

聽到羅倫斯開她玩笑，赫蘿馬上丟來了香草的碎片。羅倫斯一邊嚷著「真是的……」一邊取下沾在臉頰上的香草時，門口輕輕傳來了敲門聲。

雖然寇爾準備站起身子，但因為隱約有預感，所以羅倫斯決定自己去應門。

「應該是伊弗派來的人吧。」

說著，羅倫斯稍微打開房門。

只有兩種人在吃飯時會把門完全打開，一種人是愛炫耀，另一種人是沒有羞恥心。

不過，從門縫看見訪客的臉後，羅倫斯慶暗自幸沒有完全打開門。

「嗯？我很樂意進去裡面耶？」

羅倫斯跨出房門，背著身子把門關上後，伊弗惡作劇地說道。

雖然知道赫蘿肯定聽見了，但羅倫斯覺得這樣總比讓兩人吵架好。

「妳還是饒了我吧。不過，真沒想到妳會親自前來。」

「你這個人挺絕情的嘛。我是那種一定要報恩的人。更何況你還是我的救命恩人。」

伊弗在頭巾底下瞇起眼睛，露出讓人看不透她說的哪些話是在開玩笑、開玩笑程度又有多深的眼神。

即便如此，伊弗親自前來通知的事實還是讓羅倫斯感到高興。

「對了，你拜託我查的那件事啊。」

「結果是？」

「嗯，關於狼骨的去向，雷諾茲果然掌握了某種程度的情報。」

伊弗語帶保留的說法讓羅倫斯感到在意，於是反問說：

「某種程度？」

「我的意思是，那傢伙只掌握到我上一步的情報。」

伊弗微微歪著頭說道，那模樣顯得討人厭極了。

打從一開始伊弗就知道羅倫斯等人最想知道的情報，而且一直藏在心裡。

「別生氣啦！我也沒想到會這樣。」

「然後呢？」

「咯咯。怎麼昨天都沒看到你這麼認真的表情？」

伊弗伸出手指頂住羅倫斯下巴，羅倫斯不禁皺起眉頭。

他心想伊弗說不定是喝了酒，心情才會好成這樣。

「我直接說地點吧，就在溫菲爾王國。位於我故鄉的布琅德大修道院，聽過嗎？」

「布琅……該不會是那個黃金之羊的修道院吧？」

「喲？住在大陸地區的人，只有老一輩會知道這個傳說，沒想到你也知道啊。沒錯，就是那個傳出黃金之羊傳說的大修道院。」

在一望無際的大平原上，有一所包圍住無數羊隻的修道院，其羊隻數量之多，連神明也無法掌握。

然後，據說這所修道院的無數羊隻中，數百年會出現一隻擁有金毛的羊。

這所修道院是溫菲爾王國裡最富裕的修道院。

據說其規模之大，就連有名的大商行都遜色三分。

「聽說布琅德大修道院的院長買了狼骨。不過，是真是假我就不知道了。」
「沒關係，謝謝妳的協助。我一定會找機會報答——」
看見了伊弗的笑臉，羅倫斯不禁將話打住。
「拜託，別說這些不解風情的話好不好，我是真的很感謝你對我做的種種。阿洛德和皮草都回來了，連南下的船隻也準備好了。所以……」
說著，伊弗緩緩伸出了手。
她直直注視著羅倫斯，臉上帶著微笑。
「……真是抱歉。」
羅倫斯也笑了出來，並落下視線準備握住伊弗的手。就在這個瞬間——
「……唔……」
羅倫斯已經完全不記得事前到底有沒有料到會變成這樣。
因為伊弗的舉動讓他驚訝得腦中一片空白。
「……這香味是阿比草的味道啊？看來基曼準備了相當豪華的料理呢。」
伊弗一邊笑著說道，一邊裝作沒事地纏回頭巾。
「你讓我學會做生意就是要趁人不備，出其不意才能夠賺到最大利益，所以剛剛算那是繳學費。」

羅倫斯的思緒還來不及跟上伊弗的腳步，伊弗已把手搭在羅倫斯肩上，然後貼近臉說：

「我的名字在溫菲爾王國應該會很好用。芙洛兒・馮・伊塔詹托・波倫。雖然這是我的正式名字，但其實中間還要加一個只有很親近的人才知道的隱名。也就是——芙洛兒・馮・伊塔詹托・瑪莉葉・波倫。我很喜歡瑪莉葉這個名字，也覺得很好聽。」

說著，伊弗露出天真的笑容。羅倫斯不禁心想：真希望能在沒有頭巾遮擋的情況下看見伊弗的笑容。

「希望我的名字能夠帶給你一些幫助。羅倫斯。」

突然被叫了名字，羅倫斯不禁頓了一頓，但還是好好做了回答：

「好。」

「很高興認識你，克拉福・羅倫斯。」

這是以適合旅行裝扮的老練商人身分說出的話語。

緊緊纏繞在頭上的頭巾，配上全身裹得密不通風的旅行裝扮。

這麼一名商人從羅倫斯肩上收回手，然後挺直背脊，靜靜地伸出了手。

伊弗的旅行商人站姿顯得如此清高，讓羅倫斯甚至有種討厭的感覺。

羅倫斯握住她的手，並加重了力道。

「我不會忘記伊弗・波倫這個名字的。」

「咯咯。不用這麼感傷，有錢的地方就找得到我，我們會再見面的。」

伊弗很乾脆地鬆開手，然後轉過身子，不帶一絲留戀地走了出去。

行商是永無止盡的相遇與別離之旅。

羅倫斯轉過身再次面向後方的房門時，停下了準備開門的手。

「嗯？怎麼了？」

房門打了開來，映入眼簾的是站在門後的寇爾。

不知為何，寇爾手上端著堆了料理小山的盤子，表情顯得有些畏怯。

「赫蘿小姐叫我到外面去。」

因為房門沒有全開，從羅倫斯的角度看不見赫蘿。

不過，寇爾所說的話以及表現出來的模樣，讓羅倫斯大致明白了情況。於是他撫摸寇爾的頭，說道：

「你先到走廊忍耐一下。」

羅倫斯不確定自己有沒有順利笑出來，但如果不笑，恐怕很難面對接下來發生的事情。

正當寇爾聽話地點點頭，準備與從羅倫斯身旁走向走廊時，羅倫斯從他手上的盤子裡拿了一樣食物。

那是香味嗆人、伊弗說的阿比草。

也是赫蘿丟向羅倫斯的香草。

羅倫斯拿了一串阿比草，丟進了嘴裡。

他一邊咀嚼，一邊走進房間，然後背著身子關上房門。

羅倫斯一點也不願意去回想接下來發生的事情。

他像是在逃避現實似的，在心中喃喃說：「如果以後要寫傳記，就讓故事在這裡落幕好了。」

完

後記

好久不見，我是支倉凍砂。這次是上、下集中的下集。

本以為一次寫好原稿，應該能夠輕鬆完成下集，沒想到卻吃盡了苦頭。完成下集的時候，我還忍不住懷念起當初那種輕鬆的感覺。為什麼說吃盡了苦頭呢？因為過去我都是在一本作品裡完成起承轉合，但這次上集是在「轉」的地方結束，接在其後的下集也必須另有起承轉合。

還有，這次也完全抓不準補上多少情節會增加多少份量，所以一直很擔心故事可能會太長或太短。

雖然這次的經驗確實讓我受益良多，但總算順利完稿時，還是忍不住鬆了口氣。

不過，讓我更在意的事情是——很抱歉讓大家等了四個月！接下來我會卯起來寫作的！我說真的啦！（註：此為日文版發行進度）

對了，最近我到處宣傳一件事，那就是我搬家了！雖然舊家以前就會發生沒熱水或窗戶鎖不上之類的狀況，但大致上的狀況還說得過去，所以我一直以為會再住上一陣子。

這樣的想法在書架放不下書的某天突然改變，我也變得無法再忍受舊家。一覺得無法忍受，舊家的房間轉眼間就髒亂到無從整理的地步。真是太可怕了。

所以呢，我決定搬到寬敞一些的房子，也開始過著舒適無比的生活。

房間多寬，心胸就多寬！就算遊戲玩到一半時電腦因為自動更新而重新啟動，也不會生氣。

因為新房間實在太舒適了，甚至讓我起了「不然來擺一個漂亮的水族箱吧」的念頭。如果飼養白珍珠狗頭，應該買一個小水族箱就夠寬敞了；若要飼養鬥魚，只要放進裝果醬的玻璃瓶就好了。就在寫這篇後記的前一天，我買了不知道幾年沒買過的熱帶魚雜誌，看來買水族箱只是時間早晚的問題。

不過，別說是客廳了，就連打算用來當書房的房間到現在都還沒整理好……

但願下次搬家之前能夠整理好……寫著寫著，後記的篇幅就填滿了耶。那我們下次見囉！

支倉凍砂

國家圖書館出版品預行編目資料

狼與辛香料. Ⅷ-Ⅸ, 對立的城鎮 / 支倉凍砂作
; 林冠汾譯. -- 初版. -- 臺北市 : 臺灣
國際角川, 2009.05-
冊； 公分. -- (Kadokawa fantastic novels)
譯自 : 狼と香辛料. Ⅷ-Ⅸ,対立の町
ISBN 978-986-237-090-2(上冊 : 平裝)
ISBN 978-986-237-169-5(下冊 : 平裝)

861.57　　98006428

Kadokawa
Fantastic
Novels

狼與辛香料 IX

對立的城鎮〈下〉

（原著名：狼と香辛料IX 対立の町〈下〉）

2009年7月31日 初版第1刷發行
2024年6月17日 初版第14刷發行

作者：支倉凍砂
插畫：文倉十
日版設計：渡辺宏一
譯者：林冠汾
發行人：台灣角川股份有限公司
總監：呂慧君
總編輯：蔡佩芬
主編：林秀儒
編輯：黎夢萍
設計指導：陳晞叡
美術設計：莊捷寧
印務：李明修（主任）、張加恩（主任）、張凱棋、潘尚琪
發行所：台灣角川股份有限公司
地址：104台北市中山區松江路223號3樓
電話：（02）2515-3000
傳真：（02）2515-0033
網址：www.kadokawa.com.tw
劃撥帳戶：台灣角川股份有限公司
劃撥帳號：19487412
法律顧問：有澤法律事務所
製版：巨茂科技印刷有限公司
ISBN：978-986-237-169-5